JN259450
「ありがとう、ギュスターヴ」
だからミュリエルは、もう否定の言葉を吐くことをやめ、
彼の言葉を受け入れることにした。
するとよくできましたとばかりに、またギュスターヴの唇がおりてくる。

日陰王女の逆転幸せ婚
美貌の旦那様に、
実は溺愛されていたようです

クレイン

Vanilla文庫

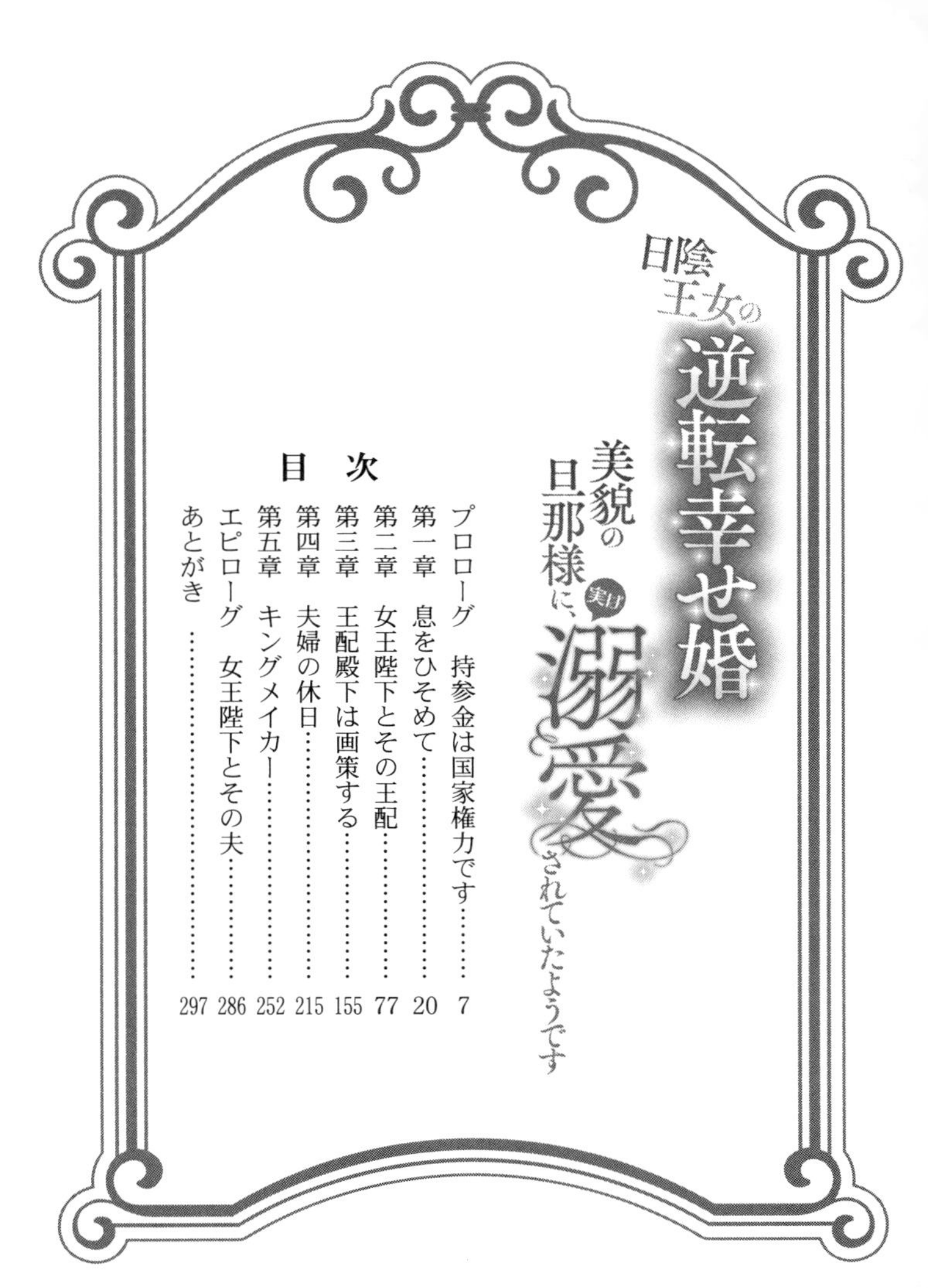
日陰王女の
逆転幸せ婚
美貌の
旦那様に、実は
溺愛
されていたようです

目次

イラスト／芦原モカ

プロローグ　持参金は国家権力です

『今日から王様になってください』

などと言われて、素直に喜ぶ人間などいるのだろうか。

いや、いることにはいるのかもしれないが、少なくともミュリエルはそうではなかった。

ミュリエルは、エルヴァシス王国の王女である。

エルヴァシス王国は、豊かな水源と肥沃な土壌に恵まれた国土を持つ、豊かな国だ。

一方で、その恵まれた土地柄故に、他国から常に狙われている国でもあった。

ミュリエルはそんな若干殺伐とした国の王女だったが、三番目の娘であり、しかも父である王が侍女に手を出して孕(はら)ませた妾腹(しょうふく)の王女であった。

よってこれまで王族としての公務に参加することもなく、王宮の奥深くで、ただ息を潜めて生きてきたのだ。

――目立たず騒がず、できるだけ影を薄くして過ごすこと。

それが王宮における、ミュリエルの生存戦略であった。

今日も生きているだけで私ったら偉い、という姿勢で呑気(のんき)に日々を過ごしていたのだが。

気がついたら異母姉二人は他国の王族へと嫁ぎ、異母兄は殺し合って、現王の子で残ったのはミュリエルだけという、とんでもない事態になってしまっていた。

戦略通り、影の薄さが彼女の命を救ったのだ。

父王が病に倒れたのは、今から一ヶ月ほど前のこと。

そしてミュリエルはその二十日後に長兄の訃報を聞き、さらにそのたった一時間後に次兄の訃報を聞いた。

(どういうことなの⁉)

どうやら互いに、且つほぼ同時に、暗殺が成功してしまったらしい。つまりは相打ちである。

ちなみに三番目の兄は、父が倒れた翌日からすでに行方不明。

生きているのか死んでいるのかすら不明だ。

二人の姉王女はすでに他国の王族に嫁いでおり、彼女らの王位継承権を復活させることは、嫁ぎ先の国からの干渉を免れないため却下となり。

そして国元に残ったのは、影の薄い嫌われ者の第三王女だけだったという有様である。

(勘弁してください……!)

それが突然手の中に転がり込んできた王位を目の前にした、ミュリエルの素直な気持ちである。

何も考えずにのらりくらりと陰に隠れて生きてきたというのに、うっかりこの国で最も高貴な女性になってしまった。

今や死の床にいる王を除き、この国においてたった一人の王族になってしまったミュリエルに、これまで一切彼女に興味を持っていなかった周囲の者たちが、突然目の色を変えた。

帝王学など学んでいない。王族の公務なんて一度もしたことがない。それどころかずっと放置されて育ってきたため、せいぜい下級貴族の令嬢程度の教養しかない。

そんなミュリエルが国王などになったら、臣下の傀儡にされて国を食い荒らされてお仕舞いだ。

それだけは、なんとしても避けなければならない。

けれども、自分自身にこの国を動かす能力がないこともわかっていた。

（私なんかが、この国の政治を動かすわけにはいかないわ……）

そんなことをしたら最悪、この国が滅ぶ。

ミュリエルは、何も持たない王女だった。

故に彼女の自己肯定感は地を這っていた。いや、地を這うどころか地にのめり込んでいた。

それでも王家に生まれた者として、国民を徒に苦しめるわけにはいかないという思いがあった。

だからこそミュリエルは、他人に頼ることにしたのだ。

自分でできないのなら、外部委託すれば良いのである。簡単な話だ。

——そう、優秀で、志高く、そして信頼がおける人に。

(ところで求婚ってどうしたらいいのかしら？　普通に結婚してくださいって言えばいいの？)

つまりは結婚して夫となった王配殿下に、この国の運営全てを丸投げしてしまおう、というのがミュリエルの出した結論であった。

他力本願にも程があるが、致し方ない。できないことはできないのだから。

専門的なことは、専門家にお願いすることが一番良いに決まっている。外注万歳。

大体素人が政治に手を出せば、碌なことにはならないと、歴史が物語っているではないか。

ただそれに伴って発生した責任だけは、女王としてしっかり取ろうと決めていた。

国王というのは、いわゆるこの国における最高責任者なのだから。

ミュリエルは自らの首を、夫となる男に賭ける所存である。死なば諸共というやつだ。

そしてミュリエルは、死の病に伏せる父に頼み込み、押しの弱いミュリエルにしては頑張って無理を言って、結婚の勅命書を書いてもらった。

これで誰も文句は言うまい。――この勅命書に名前のある男以外は。

だが国王たる父が命じた以上、王臣として彼にこの縁談を断ることはできないだろう。

申し訳ないが、諦めて結婚してもらうしかない。

それでもできればミュリエルは、彼に対し『命令』という形をとりたくはなかった。

だからこそ、今、一世一代の勇気を持って求婚をしようとしているのだ。

（「私と結婚してくれたら、あなたに国家権力を差し上げます！」とかはどうかしら？）

これではまるで、詐欺師のような言い草である。

しかも現実味がなさすぎて、誰も騙されてくれなさそうだ。

あまりにも残念な求婚の言葉しか浮かばず、ミュリエルはため息を吐いた。

己に人間関係構築能力が著しく欠けている自覚はあった。

せめてもう少し年頃の女性らしく、恋愛小説の一つや二つ嗜んでおくべきだった。

（――彼は、どう思うかしら）

かつて彼は、ミュリエルにこの国の未来について夢を語ってくれた。

いつかは役人になって、この国をより良き場所にしたいのだと。

血の滲むような努力の末、王宮で文官として働き始めたものの、彼はいつも現実と己の無力さに打ちのめされていた。

どうしたって政治は、平民よりも王族貴族の都合の良いように進むものだ。

なんせ政治を動かしているのは、そもそもが王侯貴族なのだから。仕方がない。

だが理想が高く清廉で崇高な彼に、それらは到底受け入れ難いものだったのだろう。

だからこそこの結婚によって、国王に匹敵する権力を得られるとすれば、すんなり頷いてくれるかもしれない。

――――彼の理想とする国のために。

（……まあ、私みたいな地味な女と結婚させられることに関しては、申し訳ないけれど……）

そこは貴族として生まれた以上、政略結婚ということで、どうか我慢してほしい。

いつも眺めていた彼の美しい横顔を思い出し、ミュリエルの胸に一気に罪悪感が込み上げる。

ミュリエルは侍女でありながら国王に見出されたという美しい母に、まるで似ていない。

むしろ国王たる父に、非常に良く似ている。

本来侍女が国王の子を産んだといえば、その血の正当性が疑われそうなものだが、ミュリエルがあまりにも国王に似ているために疑いようがなかったらしい。

（良いんだか悪いんだかよくわからないわね……）

自分の顔はまあそこそこ可愛いとは思うが、やはり美女とは言い難い。

せめて髪だけでも母のように、蜂蜜を溶かしたような美しい金髪であったなら良かったのだが、ミュリエルの背中で踊る三つ編みは、父と同じ印象の薄い亜麻色だ。

それか、母のように輝く緑柱石(エメラルド)のような目をしていればよかったのだが、ミュリエルの気の弱そうな伏目がちな目は、これまたどこにでもある、父と同じ薄い若草色だ。

つまりはどこもかしこも印象が薄くて目に優しい。端的に言えば地味である。

月光のような銀の髪を持ち、青玉(サファイア)をそのまま嵌(は)め込んだような真っ青な目を持つ芸術作品のような彼の横に並んだら、きっとぼんやりと霞(かす)んでしまうことだろう。

こんな自分が、彼に女性として必要としてもらえるとは到底思えない。

（そうしたら、お父様みたいに、妾(めかけ)を囲ってもらえばいいわよね……）

後継だけはどうしても王家の血を引くミュリエルが産まねばならぬので、我慢して何回かは子作りに協力してもらわなければならないだろうが。

そんなことを鬱々と考えていたら、ミュリエルは胸が苦しくてたまらなくなってきた。

はあ、と切ないため息が漏れる。

（ああ……しんどいなあ……）

烏滸(おこ)がましいことはわかっている。

それでも彼が自分以外の女性を大切にしている姿を見るのは、きっと死ぬほど辛いだろう。

——淡い恋だった。未来を語る彼の目が、たまらなく美しくて。

彼の姿を眺めているだけで幸せだったのに。どうしてこんなことになってしまったのか。

だが自分と結婚したら、この国に彼が理想とする未来を具現化できるかもしれない。

なんせミュリエルの持参金は、この国そのものなのだから。

——だからこの我儘（わがまま）を、どうか許してほしい。

（——だって、あの人がいいの）

ミュリエルはこれまで自分を蔑んできた人間たちに利用されるくらいなら、自分が好きな人に利用される方がずっといいと考えた。

それならば結果どんな酷（ひど）いことになったとしても、いっそのこと地獄に落ちたって、きっと納得して受け入れられると思ったのだ。

緊張しながらたどり着いた、書庫の奥深くにある古ぼけた長椅子。

そこにはいつものように、彼がいた。

ラスペード侯爵家の三男坊。ギュスターヴ・ロラン・ラスペード。

片目だけ若干視力が悪いらしく、銀縁の片眼鏡（かためがね）をかけている。

それでも彼の硬質な美貌は損なわれることはない。まるで繊細な硝子（がらす）細工のような美しさだ。

（……今日もなんて美しいのかしら）

彼ほど美しい人間を、ミュリエルは他に知らない。

彼の横顔を見るだけで、胸が切なさにきゅうっと締め付けられる。

そんな彼は珍しく深く眉間に皺を寄せ、苦しげな表情をしていた。

その理由は、一つしか思い当たらなかった。

「ギュ、ギュスターヴ様……？」

恐る恐る小さな声で名を呼べば、彼ははっと顔を上げ、ミュリエルの顔を見て目を細めて微笑み。――それから悲嘆に暮れた顔をした。

「ミュー……」

悲しみに満ちた声で、愛称を呼ばれる。

亡くなった母とギュスターヴ以外は使うことない、ミュリエルの愛称を。

やはり彼はすでに知ってしまったのだろう。ミュリエルとの結婚を。

すでに国王である父から、彼の生家であるラスペード侯爵家に通達されていたのかもしれない。

友人だと思っていたミュリエルからの、裏切りのような縁談。それは悲嘆にもくれるだろう。

「すまない……」

苦しげに詫びられ、それほどまでに自分との結婚が嫌なのかと、ミュリエルは泣きそうになってしまった。

やっぱりこんな結婚は間違っているのかもしれない。――彼を、この国の犠牲にするなんて。

「結婚が決まったんだ……」

「……」

「だからもう、ここには来られない」

「……？」

いや、別に結婚しても、書庫にくらい来ればいいだろう。

ミュリエルの心は、それほど狭くないのだが。

「たとえ愛せずとも、妻には誠実にいたいんだ。だから君にはもう、二度と会わないつもりだ」

「…………⁇」

いや、だから近く、妻となるミュリエルとの顔合わせがあるはずだ。

二度と会わないどころか、近々に会う予定である。

もしや彼は結婚を嫌がり、この国を出ていくつもりなのだろうか。

彼の言葉の意味が良くわからないまま、ミュリエルは顔を真っ青にする。

ギュスターヴはそんな彼女の顔を見て、何故か目を潤ませた。

そして手を伸ばし、ミュリエルの頬に触れようとして、それを堪えるようにぐっと拳を握りしめる。

「おそらく君もすぐに知ることになると思うが、私はこの国の次期女王陛下の王配になることになった。……国王陛下のご命令とあらば、王臣として拒否することはできない」

「…………はい？」

とうとうミュリエルの口から、間抜けな声が漏れた。

だが感極まっているギュスターヴには、聞こえていないようだ。

「だからせめて私は、手を尽くして君が生きるこの国を守ろうと思う」

そして何やら壮大なことを宣い出した。いや、それは是非ともお願いしたいのだが。

（待って……！　もしやギュスターヴ様ったら、結婚相手が私だと気付いていない……？）

聡い彼は、とっくにミュリエルの正体に気付いているものだと思っていた。

知っていて、この居心地の良い時間と場所のために、互いに互いのことを知らないふりをしているものだと思っていたのだ。

だが確かにこれまで一度たりとも、ミュリエルは彼に自らの身の上について話したことはなかった。

何度か軽く聞かれたことはあった気がするが、適当に誤魔化(ごまか)していたように思う。

子供の頃から五年以上ここで共に時間を過ごしたというのに。一度も彼に本名も本当の身分も教えていない。

そして妾腹のなんの力も持たない第三王女であるため、公務にすら出たことがないミュリエルは、全くもって国民に顔も存在も知られていない。

つまりその国民の中には、ギュスターヴもしっかりと含まれていたということで。

（なんてこと……！）

ギュスターヴは、いまだにミュリエルのことを王宮で働く侍女くらいに考えていたのだろう。

（確かに王女にしては、みすぼらしい格好をしているけれども……！）

華やかさのかけらもない灰色の地味なドレスを身に纏(まと)っているミュリエルは、どこからどうみても、王女には見えないだろう。

なんせ王妃様方にごっそりと予算を抜かれており、王女のくせにミュリエルにはお金がないのである。

これはなんとか今すぐ説明しなければ大惨事になると、ミュリエルが口を開きかけたところで。

「すまない……、ミュー。どうか、どうか幸せになってくれ……！」

ギュスターヴは絞り出すような声でそう言って踵（きびす）を返すと、振り切るようにものすごい勢いでその場を後にした。

――まるで、恋人との永遠の別れのような言葉を残して。

顔が良すぎるせいで、何やらやたらと演技がかって見える。

まるで舞台を観（み）ているみたいだと、ミュリエルは一瞬現実逃避した。

「ちょっ……まっ……！」

そしてようやく我に返った戸惑うミュリエルの声が、書庫に虚（むな）しく響き渡った。

なにか、とんでもなく深刻な誤解が生まれている気がする。

（ど、どうしよう……）

どうやらギュスターヴは、決死の覚悟で次期女王陛下と結婚するつもりらしい。

その次期女王とやらが、書庫でずっと側にいた、読書仲間のミューだと知らないままに。

第一章　息をひそめて

ミュリエルの母は、エルヴァシス王国国王である父の愛妾だった。

元々は男爵家の娘であり、貧しい家計を支えるため、王宮で侍女として働いていたらしい。

王族の社交や執務の補佐をする女官は高位貴族の令嬢が多く、男爵家程度の出自では雑務などを行う侍女となるのが関の山だった。

母曰く、王宮で働くことで『最初はこの美貌で、ちょっと良さそうな結婚相手を見繕うつもりだったのよねぇ』だそうだ。

貴族令嬢といえど、生家が貧乏で持参金も望めないような娘では、結婚相手を見つけるのはなかなかに難しいらしい。

そこで王宮に出仕してくる適当な青年貴族と恋愛関係に持ち込めれば、多少己の条件が悪くとも、嫁ぎ先が見つかるのではないかと母は考えたようだ。羨ましいほどの強かさである。

だが母は国王陛下の部屋に燭台(しょくだい)の蠟燭(ろうそく)の芯を切りにきた際、灯(あか)りに浮き上がるその美しさを国王に見初められ、寝台に連れ込まれてしまった。

そしてそのまま王の愛妾となり、王宮の片隅に部屋を貰(もら)い、暮らすことになったのだ。

もっとしっかりとした後ろ盾があれば妃の座も狙えたのだろうが、所詮は領地も持たない貧乏男爵家の娘である。愛妾として囲ってもらえただけでも万々歳であったようだ。

やがて国王との間に娘であるミュリエルが生まれたが、その身分はやはり妾のままだった。

話を聞くだけなら権力者に手篭(てご)めにされた哀れな娘の話のようだが、ミュリエルの母はやはり強かであった。

『もう働かなくていいし、でも贅沢(ぜいたく)な暮らしができるし、なぁんの問題もなし！　甲斐性(かいしょう)のない男と結婚して苦労するよりよっぽどいいわぁ！』

彼女は全く悲観せず、娘のミュリエルにあっけらかんとそう言って、豪快に笑った。

妻子のいる男に手篭めにされてしまった、母の本当の心はわからない。

きっと苦しみや悲しみ、苦悩もあったはずだ。

だがそれらを母は、娘のミュリエルに一切見せることはなかった。

母と共に暮らした日々は、ミュリエルにとって幸せな記憶ばかりだ。

愛妾でしかない母には、責任も義務もなく、ただ時間と金だけがあった。

よってミュリエルを乳母に預けることはせず、手ずから育てて、いつも一緒にいてくれた。

それはきっと母が妃の地位にあったなら、できなかったことだろう。

母と共に王宮の庭園でお茶をしたり、散歩したり、父から与えられた美しいドレスと宝石で着飾ったりと、ミュリエルは日々を呑気に幸せに過ごしていた。

一方で母の意向で、ミュリエルには王女らしい教育は一切与えられなかった。

賢ければ、優秀であれば、苛烈な妃たちや王子たちから排除の対象と見做されてしまうと、母は危惧していたようだ。

よって一般的な貴族の令嬢程度の教養だけが、ミュリエルに施された。

『いい？　ミュー。女は男に素直に従って、可愛らしく笑ってりゃいいの。小賢しい女は生きづらいものよ』

どうせこの国では、女は男の庇護下にいなければ生きていけないのだから。

だったら適当に媚を売ってやって、気持ち良く養わせてやれば良いのだと。

わざわざ波風を立てて、苦労する必要はないのだと、母は言った。

それが本当に正しいことなのかは、ミュリエルにはわからない。

その言葉を聞いた時、胸にもやもやとした、不快な何かがあったから。

だがそれは母がこれまで生きてきた経験則で、ミュリエルの人生を守るために教え込んだ処世術だったのだろう。

確かにこんな場所で抜きん出た何かを持っていたら、嫉妬した妃や異母兄弟に殺されかねない。

後ろ盾のない妾腹の王女というミュリエルの立場は、それほどに危ういものだったのだ。

明け透けで裏表のない母を、国王たる父はそれなりに気に入っていたようだった。

気晴らしにふらりとやってきては、母とミュリエルを可愛がってくれる。

澄ました顔をして、隙あらば自分の子を王位継承者に、親族を要職に等々、欲深いことを求めてくる気位の高い妃たちよりも、気負いなく側にいられるから楽なのだと言って。

父はいつも愚痴を漏らしながら、最後は子供のように母に慰められて眠る。

それはまるで、ごく普通の家族のようだった。

きっと呑気な母の側は父にとって、都合の良い逃げ場所だったのだろう。

なんせ会いにいけば何も言わずに歓迎してくれて、ただただ優しく甘やかしてくれるのだから。

――国王の癒やしになり、寵愛を得ること。

それこそがまさに、この王宮で生き残るための、母の戦略でもあったのだろう。

愛妾という立場から、他の妃たちとは違い公務や社交などの面倒なことは一切する必要がなく、この国のことに無責任でいられた。

だからこそ、どこまでも無責任にこの国の王を甘やかすことができた。

それは国家運営に当事者意識を持っていたら、難しかっただろう。

母のような生き方が、褒められたものではないとわかっている。

だが母は、与えられた環境下で必死に生きようとしただけだ。

王の寵愛を失えば、ミュリエル母娘はここで生きていくことなどできないのだから。

――そして五年前。ミュリエルが十三歳になった頃、そんな母が突然死んだ。

何が原因かはわからない。

ある日唐突に体調を崩し、寝込みがちになり、あっという間にこの世を去ってしまった。

公には、病没と発表された。

だが証拠こそないものの、母は殺されたのだろうとミュリエルは確信していた。

おそらく犯人は、父の妃たちのうちの誰かだろう。

母娘で妃たちの恨みを買わぬよう細心の注意を払い、のらりくらりと過ごしてきたつもりだが、とうとう見逃してもらえなくなってしまったらしい。

公務によって精神的に追い詰められていた父王が、癒やしを求め前よりも母に頻繁に会いに来るようになったことが原因だと思われた。

王のミュリエルの母への思い入れが、これ以上深まることを危惧したのだ。

恨みたくとも、恨むべき誰かがわからない。――ただ、次は自分だと思った。

ミュリエルは母の死を深く嘆きながら、同時に己もまた殺される恐怖に怯えた。

だが母が亡くなると同時に父王は、その娘であるミュリエルへ一切関心を持たなくなった。

その存在自体を忘れてしまったかの様に、ミュリエルの住む部屋には全く寄り付かなくなったのだ。

すると母を殺した人物もまた、ミュリエルへの興味を無くしたようだった。

これまた良いのか悪いのかはわからないが、ミュリエルは抜きん出た容姿を持つわけでも、煌めく知性や才能を持つわけでもなく、後ろ盾すらも持っていない。

さらには、とうとう父からも見放されてしまった。

この王宮において、いてもいなくても何ら変わらない、無害で何の価値もない存在に成り果てたのだ。

よって罪が露見するリスクを負ってまで殺す必要はないと、犯人には判断されたのだろう。

父が興味を無くした途端、妃たちの手によってミュリエルに割かれているはずの予算はなくなり、仕えてくれていた女官や侍女たちも次々に他の妃や愛妾、王子王女たちに引き抜かれていなくなった。

まるでそのまま野垂れ死んでくれ、とばかりに。

妃たちは卑しい身分でありながら、王の寵愛のもと呑気に贅沢な生活を送っていたミュリエルと母が、大層目障りだったのだろう。

彼女たちはその憤りを、母を失ったばかりの幼いミュリエルに向けたのだ。

ミュリエルの手に残ったのは、母の残した衣装や宝飾類、それから子爵家の出身という女官にしては低い身分とその口の悪さから、他に引き取り手が見つからなかったらしい、タチアナという名の女官だけだった。

『他に行く場所がないので、ここに置いてください。まあ、誰もいないよりはマシでしょうし』

などとタチアナに気怠そうにそう言われた時は、あまりに明け透けで思わず笑ってしまった。

だがやる気はなくとも、ここに残ると言ってくれたこと自体が嬉しかった。

タチアナはミュリエルが生まれる前から母に仕えてくれている、信用できる女官であり、ミュリエルが両親以外に一番に懐いていた相手でもあったのだ。

それに何を考えているかわからない人間よりも、タチアナのように率直な言葉をくれる人間の方が、ミュリエルは気が楽だった。

実際タチアナのおかげで、ミュリエルは何とかこの王宮で生活することができた。

王宮から動けないミュリエルの代わりに、時折街に出て情報を得てきたり、足のつかない程度の価値の母の宝飾品を金に変え、生活必需品を手に入れてくれたりした。

その際もしっかりと、何にいくらかかったかの明細をミュリエルに見せ、日々の予算の管理をさせた。

『そんなことしなくても、タチアナのことは信頼しているから大丈夫よ』

『甘っちょろいことを言わないでくださいよ。姫様。信用というのは、実績があって初めて得られるべきものです』

どれほど親しい仲であっても、他人に金を預けるのなら必ずその用途と使用した金額等の証跡をしっかりと残さなければならないと、タチアナは説いた。

信用しているからと、任せきりにするのはただの怠慢であると。

『そもそも信用してくれ、などと自分から言ってくる人間は、大概後ろめたいことがあるので怪しんだ方がよろしいかと。特にミュリエル様はぼんやりしておられるので、あっという間に騙されて身ぐるみ剝がされそうで怖いんですよね。まあ、もちろん私のことは信頼していただいて構いませんが』

そう言ってタチアナは、人の悪そうな顔でニヤリと笑う。

本当に口の悪い女官である。主人への敬意が皆無だ。

だが商人の娘である彼女の言うことは、手厳しいながらも真理だ。

タチアナのおかげで、ミュリエルは王女らしいとは言わないまでも、それなりの生活を送ることができたのだから。

タチアナはやる気はないし口が悪くて性格も悪いが、仕事はできる女官であった。

(――息をひそめて生きるのよ)

ミュリエルはそんなタチアナと共に、王宮の片隅で密(ひそ)やかに静かに暮らした。

この状況に憤って声を上げたところで、ただ母のように殺されて終わりだ。

くれぐれも目立ってはいけない。いるかいないかわからないくらいの影の薄さで生きねばならない。

父の妃たちや異母兄弟たちが、ミュリエルの存在自体忘れてしまうくらいに、薄く薄く。

こうしてミュリエルは、住んでいる部屋からほとんど出ることなく、時々庭園や書庫に行くくらいの、ささやかな生き方を選んだ。

元々母ほどの物欲があるわけでもなく、権力欲があるわけでもなかった。

もちろん母を殺した人間への復讐(ふくしゅう)も考えたが、ミュリエルはあまりにも非力で、今はただ、自分が生き延びることだけで精一杯だった。

(……いつか、この王宮を出られたらいいのに)

妾腹とはいえ正真正銘この国の王女であるミュリエルが生きてこの王宮を出る手段は、結婚するか神に仕えるかしかない。

二人いる異母姉は、すでに他国の王族と婚約が整っている。

一方のミュリエルには、残念ながら全く縁談が来なかった。

なんせミュリエルには、他国に嫁に出せるほどの教養も容姿もない。

国内の貴族たちにしても、後ろ盾のない妾腹の王女など娶ったところでなんの旨味もない。

それどころか、ミュリエルを娶れば権威ある妃たちの不興を買う恐れすらあった。

（つまりいずれは修道院に入るしかない、ということね……）

神などまるで信じていないのに、神に仕えるしか道がないとは。なんとも救いのない話である。

所詮人生とは、ただ生まれてから死ぬまでの義務のようなものでしかないのだろう。

明るい未来への展望など、ミュリエルには持てるわけがなかった。

（……そもそもこうして私が生きることに、一体なんの意味があるのかしら）

母の仇も取れず、必死に息を殺して、ただ命をつないでいるだけの日々。

ミュリエルは、たった十三歳にして人生を諦観していた。

そんなミュリエルの唯一の楽しみは、王宮の書庫で本を読むことだった。

エルヴァシス王国で発行された本は全て、必ず一冊はこの王宮の書庫に収められることになっている。

つまり王宮にある書庫には、この国のすべての本が保存されていた。

書庫はミュリエルにとって、無限の知識の宝庫だった。

たとえなんの役に立たずとも、知らないことを知ることは楽しい。

母は安全のため娘を知識から遠ざけようとしていたが、それでもミュリエルの知識欲を抑えることはできなかった。

なんせ王宮から出られないミュリエルは、本の中でしか外の世界を知ることができないのだから。

（いつか、自分の目で見てみたいな……）

どれほど美しい王宮の中にいても、外の世界への憧れは、いつだってミュリエルの心を焼いた。

そんなミュリエルは、数ある本の中でも特に冒険譚（ぼうけんたん）や英雄譚、旅行記などを好んだ。

本の中の登場人物の目線で、自分とは違う人生を楽しめることが楽しかった。

文字を追いながら、色々なことを妄想しては楽しむのだ。

膨大な蔵書を誇る、広大な王宮書庫の奥深く。

あまり人のいない暗くじめっとした一角の古ぼけた革張りの長椅子が、ミュリエルのお気に入りの場所だった。

そこには不思議と秘密基地のような、居心地の良さがあった。

いつもそこで一人本を読み、ここではないどこかへ心を旅立たせるのだ。

「――あら？」

その日も何気なく手に取った本を持ったミュリエルが、うきうきとその長椅子の元へ向かうと、なんと先客がいた。

そんなことは、これまでで初めてだった。

（……こんな場所、他の誰にも気付かれないと思ったのに）

居場所をなくしたミュリエルは少々不貞腐れながらも、長椅子に座る人物を本棚の影からそっと覗く。

どうやらミュリエルよりもいくつか年上の、少年のようだ。

長椅子に腰をかけ、気だるげに本を読んでいる。

俯（うつむ）いた顔を隠す銀の髪は、さらりとしていてわずかに差し込む光を反射させていた。

目の形や色はわからないが、やたらと高い鼻梁（びりょう）はわかる。

それはまるで一服の絵画のような風景だった。

するとミュリエルの視線に気付いたのか、彼がふと紙面から顔を上げた。

（わあ、綺麗（きれい）な人……！）

ミュリエルは思わず驚きで目を見開いた。

右の目に片眼鏡をかけたその少年は、驚くほど美しい顔をしていた。

母が持っていた大きな青玉（サファイア）を、そのまま埋め込んだような目。

完全なる左右対称の、非の打ち所がない美貌。

そのあまりの美しさに、ミュリエルは目を離すことができない。

こんなにも美しい顔を、母以外に初めて見た。

すると彼はそんなミュリエルを見て、その形の良い銀色の眉を大袈裟（おおげさ）に寄せてみせた。

不快であることを、あえてこちらへ知らしめるように。

（…………え？）

その冷たい目に射抜かれたミュリエルは立ちすくみ、全身からひやりと血の気が引いた。

それはごくたまに王宮ですれ違う父の妃たちや異母兄弟たち、そして彼らの側付きたちが、ミュリエルに向けるものとよく似ていた。

蔑み見下すための目。何度受けても慣れることはない、惨めな気持ちに苛（さいな）まれる視線だ。

（どうして……）

いつもなら目を合わせないように、俯いて躱（かわ）すその視線に、なぜかミュリエルは腹の底から沸々と怒りと悲しみが込み上げてきた。

それは普段全てを諦め、あまり感情を荒らげない彼女にしては、珍しいことだった。

己の大切な秘密の場所を、奪われたように感じたからかもしれない。

（なんで初対面の人間にまで、そんな目で見られなきゃいけないの……！）

ミュリエルは必死に少年を睨（にら）みつけた。できる限り憎々しげに。

タチアナ以外の人間の目を見つめるのは、随分と久しぶりだった。

すると少年は深く眉間に入った皺を緩め、驚いたように目を見開いた。

「……何か、私に言いたいことでも？」

思った以上に、怒りに震えた冷たい声が出た。

いつものミュリエルの居場所を奪ったのは、向こうなのである。

公共の場であるから仕方がないとはいえ、そんな嫌そうな顔をされる筋合いはないのだ。

「いや、私を追いかけてきたのかと……」

「……は？」

目立たず騒がず、できるだけ他人に関わらずに生きていこうとしているミュリエルが、何故彼を追いかけねばならぬのか。思わずさらに冷たい声が出た。

「い、いつも使っている長椅子に、珍しく人が座っていたから気になっただけです。わ、私はあなたなんかに興味ありません」

多少つっかえながらも、ミュリエルは一生懸命、嫌みたらしく言ってやった。

こちとら美しい顔ならば、亡き母で見慣れているのである。自意識過剰も甚だしいのだ。

どれほど目の前の少年が美しくとも、それだけでミュリエルの心が動くわけではない。

いや、もちろん彼の顔はとても美しいとは思うが。動かないったら動かないのである。

するとそれを聞いた少年は、またしても驚いた顔をした。

「そ、それでは失礼します」

「待ってくれ！」

ミュリエルがすぐに踵を返しその場を立ち去ろうとすると、少年が慌てて声をかけてきた。

「……不快な思いをさせてすまない。反対側が空いているだろう。そちらを使うといい」

嫌な奴(やつ)かと思いきや、あっさりとすぐに謝ってきた。

そもそも他人に謝られたこと自体が久しぶりで、ミュリエルは驚いてしまう。

「はあ……」

「人の目に触れるのが嫌でここにきたのに、やはり逃げられないのかと思って、苛立(いらだ)ってしまったんだ」

（つまり人気者すぎて人目を避けたら、私がのこのことやってきたってこと……？）

何もしていないというのに常に人に嫌われているミュリエルからすると、少々羨ましくあるのだが。

人の悩みは、その人にしかわからないものだ。

美しすぎる容姿を持つ、というのも決して幸せとは限らないのだろう。

うっかりこの国の王を籠絡して、若くして殺されてしまった、ミュリエルの母のように。

それにしてもすんなりと謝ってくれたところをみるに、案外良い人なのかもしれない。

素直に他人に謝意を口にできる人間は、多くない。

人間は身分が高ければ高いほど、詫びることを忌避する傾向にある。

「……なるほど。互いに間が悪かったんですね。……私もただ人目につかないところで、静かに本を読みたかっただけなんです」

いつもの様に、目立たないよう、息をひそめていたかっただけだ。

「……そうか。私たちは同じことを考えていたのだな」

だからこそ同じところで鉢合わせしてしまったというのも、なんとも皮肉な話である。

見た目も状況も全く逆であるのに、おかしなことだと二人で小さく笑い合う。

「よかったら、一緒に読まないか？」

確かに長椅子は、まだ大人が三人は座れそうなほどの大きさがある。

一人子供が増えたところで、全く問題はないだろう。

ミュリエルは少年からできるだけ距離をとって、彼が座る反対側の端にちょこんと腰をかけ、手にした本を開いた。

最初は横にいるやたらときらきらしいその存在が気になったものの、本の内容に集中してからは全く気にならなくなった。

彼もまた本に集中しているらしく、こちらに話しかけてくることもない。

静寂の中、二人のページを捲る音だけが聞こえる。

不思議と心地よい距離感のまま、二人は共に時間を過ごした。

やがて最後まで読み終えたミュリエルは、本を閉じてほうっと感嘆のため息を吐く。

そのまま物語の余韻に浸っていると、横にいた少年が驚いたようにこちらへ顔を向けた。

「君、もう読み終えたのか？　随分と早いな」

声をかけられ、心を違う世界に旅立たせていたミュリエルは驚いて小さく跳ねる。

うっかり彼の存在そのものを忘れていた。言い訳をするように、慌てて口を開く。

「ええと……昔から本を読むのが好きで……」

子供の頃から読書を好み、文字に慣れ親しんできたミュリエルは、本のページ全体を頭の中に画像のように取り込んで読むことができる。

そして一度読んだ本の内容は、基本的に忘れることはない。

「私も読む速度が早いほうだと自負していたが、君ほどではないな」

「……ありがとうございます」

彼の感嘆の声に、これまで自分では気づかなかった己の特技を知って、ミュリエルは嬉しくなって微笑んだ。

己の全てが人並み以下であると思っていたから、そんなことでも認められることが嬉しかったのだ。

するとそんなミュリエルの笑顔を見て、少年はわずかに頬を赤らめた。

「……そういえばまだ聞いていなかった。君、名前は？」

名を聞かれて、ミュリエルは困ってしまった。

この国の第三王女の名前が『ミュリエル』という名であることは、一応公にされている。しかも王宮の嫌われ者の第三王女である。彼に身分と名を知られることで、良いことは一つもないとミュリエルは判断した。

「『ミュー』って、お母様からは呼ばれていました」

だから愛称だけを名乗った。

所詮はわずかな時間を共に過ごしただけの関係だ。

あえて、己の身の上を晒(さら)す必要などないだろうと思ったのだ。

少年は不可解そうに片眉を上げ、だが納得したのかそれ以上は何も言わず、小さく笑った。

「ミュー……可愛い名前だな。なんだか猫みたいだ」

それは流石(さすが)に失礼だとミュリエルは僅かに唇を尖(とが)らせる。すると彼はまた笑った。

「ミュー。私の名前はギュスターヴ。ギュスターヴ・ロラン・ラスペードだ」

彼はミュリエルとは違い、律儀にフルネームを答えた。

「………………！」

ラスペードとは、確かこの国の南に広大な領地を持つ、国内有数の裕福な侯爵家の姓ではなかっただろうか。

ミュリエルの背筋を、ぞくりと冷たいものが走る。

それは母に、決して関わるなと言われた家門の一つだ。

母はこの王宮で侍女として働く中で婚活の一環として、出仕してくる貴族たちをよく観察していたようだ。

そしてミュリエルに、近づくべきではない貴族を示唆していた。

『所謂狸親父よ』

なんでもラスペード侯爵家の現当主は非常に権力欲の強い人物であり、下手に関われば骨の髄まで啜られかねないのだと。

やはり本名を名乗らなくてよかったと、ミュリエルは胸を撫で下ろした。

このまま、何も知らないふりをすればいいだろう。

それから窓の外を見て、随分と暗くなっていることに気付き、慌てて立ち上がる。

そろそろ部屋に戻らねば、放任主義のタチアナも流石に心配することだろう。

「ごめんなさい。私そろそろ帰らなくちゃ。失礼しますね」

「……ああ。またな」

（……また？）

返ってきた彼の言葉に疑問を持ちながらも、ひとつ会釈をしてミュリエルはその場を後にする。

本来王族ならば、相手が侯爵であっても頭を下げる必要などない。

むしろ王族として頭を下げるのは、気軽にしてはいけないことである。

だがミュリエルには己が王族であるという自覚が小指の先ほどもなかったので、痛む自尊心もなかった。

(それにしても、久しぶりにタチアナ以外の人と話したわ……)

ミュリエルにとって、他人と関わるのは酷く怖いことだった。

だがギュスターヴとの時間は、楽しかった。

年齢の近い異性と話すことなど、生まれて初めてのことだ。

(……確かに『また』会えたらいいな)

彼の言葉を思い出し、ミュリエルの顔に自然と笑みが溢れる。

社交辞令だとわかっている。一人になりたい彼は、ミュリエルが日常的にあの場所にいると知った以上、もう来ないだろう。

それでもすれ違った時に、軽く会釈するくらいの関係性は築けたのではないだろうか。

久しぶりの非日常的な時間に、ミュリエルの胸は弾んだ。――だが。

「――なんだ。卑しい臭いがするな」

王族の住まう区域へ向かう途中、背後からそんな冷たい声をかけられて、ミュリエルの体が竦（すく）んだ。

「おや、なにやら臭うと思ったら我が異母妹ではないか」

やってきたのは最も年齢の近い異母兄、第三王子のファビアンだった。

ミュリエルに三人いる異母兄は、全員母親が違う。

第一王子は古くから王に仕える公爵家の令嬢だった側妃の子であり、第二王子は他国の王女だった王妃の子である。

そして第三王子のファビアンは、一番年若い側妃の子だ。

母親は伯爵家の出身で、妃たちのなかでは最も身分が低い。

よって次代の王位は、第一王子第二王子の間で争われていた。

ミュリエルは黙って道を譲り、頭を下げる。

するとファビアンはミュリエルの肩に垂らされている三つ編みを摑（つか）み、引っ張り上げた。

「痛っ……！」

「ああ、すまんな。どうしてこんな汚らしい縄を頭につけているのかと思ったら、お前の髪だったのか」

そして痛みに顔を歪（ゆが）ませるミュリエルの顔を見て、小馬鹿にしたように笑う。

ファビアンは虫の居所が悪い時、こうしてわざわざミュリエルのところへやってきては、彼女に当たり散らすのだ。

おそらく母である側妃に、説教でもされたのだろう。

その憤りを、ミュリエルを甚振ることで晴らしにきたのだ。

ちなみにそんな彼は、ミュリエルや使用人などの目下の者には厳しく当たるが、父や母、異母兄たち目上の者にはへこへこと媚び諂っている。

それがこの王宮における、彼の生存戦略なのだろう。

この場で抗えば、さらに酷いことをされるだけだ。

彼によって、なぶり殺しにされた使用人もいると聞く。

実際ミュリエルも激昂したファビアンに殴る蹴るの暴行を加えられ、しばらく動けなくなったことがある。

彼に会ってしまったら身を縮こまらせ、嵐のようにただ立ち去るまで耐えるしかないのだ。

「――っ！」

なんの反応も示さないミュリエルに興を削がれたのか、ファビアンは舌打ちをし、彼女を乱暴に押しのけ大理石の床に叩きつけると、その背を強く踏みつけてから、立ち去っていった。

慣れていることもあり、倒れた際に咄嗟に床に手を付くことができたため、打ちどころは悪くはなかった。

だがそれでも、膝と手のひらがジンジンと痛む。

ギュスターヴとの出会いで浮ついた気持ちが、一気に萎んでいくのがわかった。

――――これが、ミュリエルの現実だ。

母が生きていた頃は、父の寵愛を受けているからと、手出しはしてこなかったのに。

今や何も持たないミュリエルは、誰からも尊重されることがない。

何をしても良い存在に、成り果ててしまった。

痛くて、惨めでたまらなくて、思わず込み上げてくる嗚咽を必死に噛み殺す。

そしてよろけながらも立ち上がり、自分の部屋へと歩いていった。

部屋に戻れば呑気に主人の椅子に座り、茶を啜りつつ焼き菓子を貪っているタチアナがいた。

おそらくまた街に出て、色々と買い込んできたのだろう。

「あら、おかえりなさいませ、姫様。……って、またあの阿呆王子ですか」

タチアナはすぐに異変に気づき、立ち上がってミュリエルの元へ走り寄ると、体の傷の確認をしてくれる。

そしてその両膝にできた大きな内出血を見て、顔を酷く顰めた。

「……本当に、とっとと死ねばいいのに。あの阿呆王子」

率直すぎて不敬にも程がある。だがタチアナの言葉にミュリエルは救われた気持ちになる。

「ふふっ……タチアナったら。外ではそんなこと言っちゃダメよ」

「もちろん言いませんよ。これでも私は賢いので」

はあ、と深くため息を吐いて、タチアナは少し笑う。

「どうやらあの阿呆王子、婚約者の伯爵令嬢を虐(いじ)めて泣かせていたらしくて。とうとう伯爵家から正式に王家に抗議が入り、大目玉を食らったそうですよ。ざまあみろですね」

伯爵家とはいえ国内有数の富豪のご令嬢であり、ファビアンの母である側妃からのたっての要望で成った婚約だったというのに。

「とっとと婚約破棄されて、後ろ盾を失ってしまえばいいのに」

(伯爵家ということで、格下だと婚約者を見下していたのでしょうね)

第三王子だからといって、ぞんざいに扱える相手ではないことに思い至らなかったのだろう。

愚かなことだと、ミュリエルは肩を竦める。

「だから、心配してはいたんですよ。あの阿呆王子、またミュリエル様に当たり散らしに来るんじゃないかってね」

タチアナは他の女官たちとは仲が良いらしく、どこからか様々な情報を手に入れてくる。

「……正解よ。まあ、なにかあったんだろうとは思ったわ」

「自分に逆らえない弱い存在にしか強く出られないなんて、屑の極みですわねぇ。みっともない」

ミュリエルが思っていても言えないことを、タチアナは切れ味鋭く代弁してくれる。

それがなかなかに爽快で、クセになるのである。

タチアナはミュリエルの大切な配下であるとともに、大切な友人だ。

「あんなのが王になったらと思うと、ぞっとしますね」

「まあ、流石にファビアンお兄様が王になることはないでしょう。二人も上に異母兄様がいらっしゃるのだし」

上の二人の異母兄、第一王子と第二王子はミュリエルに対し興味がないらしく、全く関わってこないのでありがたい。

一方で、もしあの横暴なファビアンが王にでもなったら、自分はどんな扱いを受けることか。想像するだに恐ろしい。

自分を殴りつけるファビアンの姿を思い出し、ミュリエルはぶるりと体を震えさせた。

「……ミュリエル様は、将来どうなさるおつもりですか?」

すると突然タチアナに聞かれて、ミュリエルはわずかに目を見開く。

彼女に未来のことを聞かれるのは、初めてだったからだ。

ミュリエルは小さく首を傾けて、かろうじて実現可能そうな未来を口にする。

「なんとか成人まで生き延びて、それから私を受け入れてくれるような修道院を探そうかと思っているわ」

「良いですねえ。それならできるだけ戒律が緩い修道院を探しましょうね。こうして今みたいに二人で呑気にお茶ができるようなところを」

そう言ってタチアナはカップにお茶を注ぐと、ミュリエルに差し出してくれる。

どうやらこのアクの強い友人は、修道院までついてくるつもりらしい。

もちろんこれ以上自分の人生にタチアナを巻き込む気はないが、そんな彼女の気持ちが嬉しくてミュリエルはくすくすと声を上げて笑う。

タチアナも笑って、それから小さく肩を竦めた。

「ですが本当は、ミュリエル様にもっと未来の選択肢があればいいのにって思っています」

珍しく真剣なタチアナの目に、ミュリエルは何も言えなくなった。

ミュリエルとて本当は、もっと未来を夢見たいのだ。

たとえばまるで恋愛小説のようにミュリエルを愛し、ここから攫(さら)ってくれるような素敵な男性が突然現れたり、とか。

けれどもそんな期待ができるほど、ここでの生活は甘くなくて。

「――あ」

そこでなぜかふと、今日出会ったギュスターヴの顔が浮かんだ。

生真面目そうな彼の整った横顔を思い出し、思わず顔が熱くなる。

そんなミュリエルにタチアナが目ざとく気付き、おや？　と片眉をあげた。

「馬鹿王子と遭遇した割に落ち込んでいないな、とは思ったのですが。さては他になにか良いことがあったんですね」

さすがは長年を共に過ごした年上の友人である。隠し事はできないようだ。

それからわくわくした顔のタチアナから厳しい追及にあい、ミュリエルはギュスターヴとのあれやこれやを、根掘り葉掘り白状させられることとなってしまった。

「ふむ。ギュスターヴ様といえばラスペード侯爵家の三男坊ですね。私は拝見したことがありませんが、なんでもとんでもない美形だとか。女官たちからも絶大なる人気がありますよ。……ミュリエル様の降嫁先としては悪くありませんね」

話を聞いたタチアナがとんでもないことを言い出したので、ミュリエルは目を見開いた。

「降嫁って……！　一緒に本を読んだだけよ！　そんなことあるわけないでしょ！」

顔を真っ赤にして必死に抗議するミュリエルを見て、タチアナは楽しそうに笑う。

「そんなのわかりませんよぉ。なんせミュリエル様はお可愛らしいですもの」

「ものすごい美形だったのよ！　私なんかを相手にするわけがないでしょう！　もう……！」

ミュリエルが怒れば、とうとうタチアナは声をあげてケタケタと笑い出した。

「まあ、実るものだけが恋ではありませんしね。失恋するのも一興かと思いますよ」

「だから違うったら……！　そういうんじゃないのよ……！」

話の通じない女官に腹を立てながらも、本を読む彼の整った横顔を思い出し、ミュリエルは悶えた。

きっと異母兄以外に、年の近い異性と出会ったのが初めてだったからだ。それ以外に理由はないはずだ。

だから翌日いつものように書庫へ向かう際、手持ちの中でも比較的まともなドレスを身に纏い、タチアナに可愛らしく髪を編んでもらったことにも、特に意味はないのである。

本棚から本を適当に選んで、いささか心拍数を速めながら定位置の長椅子に向かうと、そこには人影があった。

思わずミュリエルは、小さく体を跳ねさせる。

昨日タチアナが変なことを言い出したせいで、ひどく緊張して、妙に顔が熱い。

それにしても、さらりと頬に流れる銀の髪と、ページをめくる整った指先がやはり美しい。

このまま逃げてしまいたい気持ちと、そばに行きたい気持ちがせめぎ合う。

どうしようとその場で立ち竦んでいると、彼がふと顔を上げた。

そしてミュリエルの姿を見て、安堵したような微笑みを浮かべてみせた。

眉を思い切り顰められた昨日とは、大違いである。

「────っ！」

その笑顔に、ミュリエルの心臓がぎゅうぎゅうと締め付けられた。

（やっぱりなんて美しいの……！）

やはり自分は美しいものが好きなのだな、とミュリエルは自覚した。なんせ母が、素晴らしい美女だったのだから仕方がない。

動揺し挙動不審となったミュリエルを不思議そうな顔で見て、ギュスターヴは己が座っている横を、手のひらでぽんぽんと叩いた。

もしや、ここに座れということだろうが。

ミュリエルは恐る恐る彼に近づくと、叩かれた場所からさらに離れた場所に、ちょこんと座る。

「そんなに離れなくても、取って食ったりはしないぞ」

ミュリエルの怯えた様子に、ギュスターヴがくっと小さく声をあげて笑った。

それからまるで、人間に怯えて近づいてこない野生動物を見るような目で、ミュリエルを見つめる。

「こんにちは。ミュー」

「こ、こんにちは……ギュスターヴ……様」

挨拶されたので、とりあえず同じ挨拶を返す。それだけでもミュリエルの心臓ははち切れそうだ。

そしてギュスターヴは、ミュリエルの手元を覗き込んだ。驚いたミュリエルはまた小さく身を跳ねさせる。

「ああ、その本。私も読んだよ」

「ど、どうでした？　面白かったですか？」

「うん、なかなか面白かったよ。……おっと。内容を話したらミューの読む楽しみが少なくなってしまうな。これ以上の詳しい感想はミューが読み終わった後に述べさせてもらおう」

しかもどうやらネタバレにちゃんと配慮してくれるらしい。

流石の読書好きだと、ミュリエルは小さく笑った。

そして昨日と同じように二人で同じ長椅子に、少し間を空けつつ横に並んで本を開く。

本を読んでいる間は、互いに一切話しかけることはなかった。だが沈黙の中でも、不思議と居心地よく感じる。

やがて本を読み終えたミュリエルは、感動し目を潤ませながら、ほうっと感嘆のため息を吐いた。

「……面白かっただろう？」

どこかほんの少し怯えを滲ませながらも、ギュスターヴが聞いてくる。

もちろんミュリエルは、彼に満面の笑みを向けた。

「ええ。最高でした！　特にヒロインがヒーローを助けようと塔から飛び降りようとする場面なんて、もうハラハラしちゃって……」

これまでどこか遠慮がちに話していたミュリエルが、頬を上気させて口早に感想を語る様を、ギュスターヴは微笑ましく見つめる。

「そうか。君は、冒険譚（ファンタジー）が好きなんだな」

ミュリエルは恥ずかしそうに顔を赤らめ俯いた。

基本的に冒険譚は男性、しかも子供向けに書かれたものだ。

それを女性が読むことに、みっともないと批判的な目を向ける者もいる。

だがギュスターヴの言葉に、ミュリエルを責めるような響きはない。

「はい……。冒険譚とか、英雄譚とか、旅行記とか、そういった系統（ジャンル）の作品が好きで……」

「そうか！　実は私もそういった系統が好きでよく読むんだ。子供っぽいだの夢見がちだのと、父や兄には呆（あき）れられているんだが。……良ければ私の好きな本を、君に紹介させてはくれないか？」

ギュスターヴが同じ様に少し頬を赤らめ、恥ずかしそうに言った。

どこか大人っぽい雰囲気の彼が、ミュリエルと同じく子供向けの冒険譚を好んでいる。

それだけでミュリエルの中の彼への好感度が、一気に急上昇した。

こっそりとその秘密を、ミュリエルに教えてくれたことも嬉しい。

そしてどうやら彼は、好きな作品を他人に広めたい性質の人間らしい。

（その気持ち、わかるわ……！）

ミュリエルも読んで心打たれた作品を、何度かタチアナに薦めたのだ。

この感動を、思いを、共有したくて。

だがタチアナは、ミュリエルにこう聞いてきたのだ。

『……それで最終的にこの主人公と、どの女の子がくっつくので？』

『別に、最後まで誰ともくっつかないわよ』

『えー……』

途中までその本を読んでいたタチアナは、つまらなそうな声を上げ、そこで一気に読む気を無くしてしまった。

彼女は冒険譚よりも恋愛小説の方がお好みであったようで、一応最後まで読んではくれたが、ミュリエルのように心打たれてくれることはなかった。

恋愛要素のない作品は、あまり好きではないらしい。

残念ながら、人の好みは千差万別なのである。

自分が好きなものを他人も好むとは限らないし、他人の好きなものを自分が好むとも限らない。

よってそのことでタチアナを責めるつもりはないが、少し寂しかったのは事実だ。

だが今、ミュリエルの目の前には、限りなく自分と本の系統（ジャンル）の好みが合いそうな他人がいる。

ミュリエルはギュスターヴの手をがしっと握り締め、目を輝かせた。

「是非……！　あなたの好きな本を教えてくださいませ！」

ミュリエルが自分から積極的に他人に関わろうとしたのは、これが初めてのことだった。

そんな彼女の圧に驚いたのだろう。ギュスターヴの顔が赤く染まった。

「わ、ごめんなさい……！　つい！」

同意も取らず彼の手を勝手に握ってしまったと、ミュリエルは慌てて手を離す。

するとギュスターヴはなぜか少し残念そうな顔をした後、あわあわと動揺するミュリエルを見て楽しそうに笑った。

「……では、今度私のとっておきのお薦めの小説を持ってこよう」

こうして二人は打ち解けて読書仲間となり、やがて親友になった。

ミュリエルが書庫で本を読んでいると、ギュスターヴは時折現れて推薦する本を持ってきてくれる。

どうやら彼は父が王宮に出仕する際に、付いてきているらしい。

ギュスターヴの推薦する本は、それはもうミュリエルの好みのど真ん中であった。

「どうだった？」

「最高以外の言葉が出ません……！　この本の作者、クロード・バジューは間違いなく神かと……！」

「だろう！　ミューだったらわかってくれると思ったんだ……！　クロード・バジューの本はまず設定と伏線と展開が巧みなんだ。読んでいる間に何度も驚きがあって――」

そして次に会えた時に、その本の感想を二人で熱く語り合うのが恒例となった。

普段口数の多くないミュリエルだが、好きな作品を語るときだけやたらと饒舌（じょうぜつ）になる。

ギュスターヴもまた普段は淡々とした口調のくせに、やはり好きな作品を語るとやたらと熱がこもった喋（しゃべ）り方をする。

互いに語り合う時間は、これまで生きてきた中で最も充実した時間であった。

ギュスターヴは冒険譚が好きと言いながら、他の系統（ジャンル）の本も手広く読んでいた。

彼の読む本は、経済学から医学、法学まで多岐に亘った。

「少しでも多くの知識を得たいんだ」

ギュスターヴは勤勉で、知識欲の強い人間だった。貪欲にさまざまな知識を飲み込んでいく。

そんな彼が、ミュリエルは眩(まぶ)しかった。――自分とは違う、未来を見据えるその姿が。

そしてミュリエルは、ギュスターヴからこの国についての色々な話を聞いた。

それは母によって知識から遠ざけられていたミュリエルにとって、初めて聞くものばかりで。

博識な彼が語るミュリエルの知らない新たな世界は、とても興味深く楽しかった。

「……ギュスターヴ様は本当にすごいですね……」

「三男で家を継ぐわけでもないからな。私はこの国の役人になるつもりだ」

侯爵家の三男である彼は家を継げないため、役人になるつもりらしい。

前に進んでいく彼(ギュスターヴ)と、その場から全く動けない自分(ミュリエル)。

凄(すご)い、素晴らしいと彼に感嘆しながら、ミュリエルは劣等感を抱かざるを得なかった。

王女でありながら何も考えずに生きてきた自分を、ミュリエルは恥じた。

母の言う通り、息を潜め、与えられた環境を受け入れて従順に生きてきた。

そんなミュリエルに残ったのは、何も変わらないどこまでも停滞した世界だった。

(――私はもっとちゃんと、足掻(あが)くべきだったのかもしれない)

「私は、人のため、この国のために働きたいんだ」

冒険譚の好きな少年(ギュスターヴ)は、自分が主人公になれることを無邪気に信じていた。

世界に、人間に、まだ希望を捨てていない彼の、夢を語る時の目はいつも眩しく輝いていた。

「……あなたなら、なれます。この国を支える立派な柱の一つに」

ミュリエルはすでに実際の世界が、人間が、そんなに優しくはないことを知っていた。

それでもミュリエルは、ただ彼を肯定する。

するとギュスターヴは、照れくさそうに笑ってくれた。

彼がこのままでいてくれればいいと、ミュリエルは願う。——それが無理だとわかっていても。

「ミューは、将来どうするんだ?」

タチアナと同じように、彼もミュリエルに未来を聞いてきた。

親しくなると、人は相手の未来が気になるものらしい。

「……私は多分、ずっとここにいると思います」

本当は成人し次第、修道院へ行こうと思っていた。

そうすれば生き残れる可能性が増すと考えたからだ。

だがミュリエルは、それよりもギュスターヴの進む未来を見てみたいと思うようになった。

彼がどんなふうに生きるのか、その行き先を見届けたいと思ってしまったのだ。

この王宮で王家の、ひいては国民の脛を齧りながら、できる限り嫁ぎ遅れでいるのも良いかもしれない。

「王宮に……。そうか……」

何かを考えこむように、ギュスターヴは顎に手を当てた。

「ミューはここで働いているんだよな」

「まあ、そんなところでしょうか……」

ミュリエルの歯切りの悪い物言いに不思議そうな顔をしながらも、ギュスターヴはなにやら物思いに耽っている。

「ミューは、結婚はしないのか？」

どこか怯えを感じさせる声で問われ、ミュリエルは小さく笑った。

きっと彼は、良き読書友を失いたくないのだろう。

「するつもりはありません。……できないので」

「……持参金の問題か？」

「ま、まあ、そんなところでしょうか……」

確かに持参金を用意できないため、結婚ができないという貴族令嬢は少なくない。

下級貴族では、娘が三人以上いたら破産するなどと言われるくらいだ。

ちなみにミュリエルが他国に嫁いでも、貴族に降嫁しても、妾腹とはいえ王女を嫁がせる以上、それなりに多額の持参金を国庫から用意しなければならなくなる。

よって国王たる父も、政府高官たちも、ミュリエルを積極的に結婚させようとはしないだろう。

ミュリエルの行く末は、修道女になるか、このまま飼い殺しにされるかのどちらかしかない。

だがそんなことを、ギュスターヴに言えるわけがなかった。

ミュリエル自身、この素晴らしき読書仲間を失いたくなかったからだ。

そして取り返しがつかないほどに、彼への嘘がどんどん積み重なっていく。

いずれ、彼もミュリエルの正体に気付くだろう。

だがその時までは、このままでいたい。

「そうか……」

それを聞いたギュスターヴは、何故か少しだけ嬉しそうにして、それから天井を見上げて長く深いため息を吐いた。

「……ああ、早く大人になりたいな」

彼がつぶやいた言葉に、ミュリエルは思わず笑ってしまった。

ちゃんと大人になりたいと思っている。彼は本当に健全だ。――ミュリエルとは違って。

「……私は大人になんかなりたくありません。ずっとここで、このままでいたいです」

ミュリエルにとって、未来はひたすらに恐ろしいものでしかなかった。

なんせ今より状況が良くなる展望など、何一つ見当たらないのだ。

今より状況が悪くなる展望は、いくらでも湧いてくるというのに。

「……どうして？」

ギュスターヴがまた不思議そうに聞いてくる。

ミュリエルは年齢に見合わぬ疲れた笑みを浮かべた。

「だってそうしたら、ギュスターヴ様とずっと一緒にいられるから……」

彼と共に過ごしていると、いつもこのまま時が止まってしまえばいいと思うのだ。

大人になったら、こんな風に彼と共に過ごすことはできなくなってしまうだろうから。

それを聞いたギュスターヴはわずかに目を瞠(みは)り、それから俯いて小さく「そうか」と言った。

やがて時は流れ、ギュスターヴは大人になり、猛勉強の末に無事役人登用試験に優秀な成績で合格した。

そして彼は、幼い頃からの願い通りにこの国の役人となった。

一方でミュリエルは、何も変わらず王宮で息を潜めて生きていた。

役人になったギュスターヴは、仕事の合間に休憩がてら書庫に来ては、ぽつりぽつりとミュリエルに愚痴をこぼしていくようになった。

仕事に関係のない本を読む余裕はなくなってしまった様で、かつてのように好きな作品について語ることはなくなった。

理想主義の少年は大人になり、とうとうどうにもならない現実を知ってしまったのだろう。

そのことをミュリエルは、悲しく思った。

「ああ、悔しいな……。私にはなにもできない」

実家の後ろ盾があったとしても、一人の若造でしかないギュスターヴができることは少ない。

ままならないことばかりの日々に、彼の顔からかつての少年の面影が失われていく。

「今は力を蓄える時なのですよ。ギュスターヴ様。いずれ時が満ちればきっと、状況は変わるはずです」

ミュリエルは誰にでも言えるような綺麗事（きれいごと）を言って、彼を慰めることしかできなかった。

（これからどうなるのかしら……）

ミュリエルの預かり知らぬところではあるが、ギュスターヴやタチアナに聞いたところによると、第一王子と第二王子による王位継承権争いが徐々に激化しており、何方（どなた）についたかで、貴族の派閥も真っ二つに割れているらしい。

国王の第一子である第一王子か、王妃の子である第二王子か。

ギュスターヴの家は、一応第一王子を支持しているようだ。

（まあ、妥当でしょうね……）

今のところ大きな事故でもない限りは、順当に第一王子が次代の国王になりそうだ。

「ギュスターヴ様が偉くなっていく姿を、私はずっとここで見ていますから」

今は理想と現実の間で苦しんでいても、きっと彼なら、いずれは宰相にだってなれるだろう。

「すまない。ミュー。もう少し待っていてくれ」

「…………？」

苦しげにそんなことを言うギュスターヴに、何か約束をしただろうかとミュリエルは内心首を傾(かし)げる。

そういえば、いつかこの国を良い国にしたいのだと彼は言っていた。

おそらくそのことだろうと、ミュリエルは一人納得する。

「はい。お待ちしています」

だから笑って、適当にそう答えた。

この段階で既に取り返しのつかないすれ違いが生じていることなど、当時のミュリエルは全く気付いていなかった。

少しずつ現実によって擦れて汚れていく彼を、ミュリエルはただ眺めていた。

その頃には、自分が彼に向ける感情が、友情とは違うことに気が付いていた。

――おそらくこれは、『恋』と呼ばれるものであると。

だがもちろん、ギュスターヴにこの恋心を打ち明けるつもりはなかった。

この国の妾腹の第三王女『ミュリエル王女』が、誰にとっても負債でしかない存在だと自覚していたからだ。

ここで彼の行く末を眺めていられるだけで、ミュリエルは満足だった。

「政治の世界は、綺麗事じゃ済まないんだ……」

そして真っ直ぐだった少年がそう言って、荒んだ目で様々な謀略に頭を巡らせるようになった頃。

ミュリエルの手に、突然王位が転がり込んできた。

まさかの事態に、ミュリエルは途方に暮れた。――まさに、青天の霹靂だった。

「……これ、どうしたらいいの」

王族の部屋とはとても思えぬミュリエルの小さな部屋には、今や貴族たちからの貢物が次々に届き、堆く積み上がっていた。

タチアナと二人でうんざりとそれを見やる。こんなに貰ってもしまうところがない。

ミュリエルが第一王位継承者となった途端に、これである。

手のひら返しにもほどがある。あからさますぎて、恥ずかしくはないのかと贈り主を問いただしたくなるほどだ。

これまでと打って変わってしまった周囲が、ミュリエルは気持ち悪くてたまらない。

「……勘弁してほしいわ」

「そうですか？　私は面白くてたまりませんけど」

タチアナはこれで一発逆転だと、なにやら非常に楽しそうだ。

これまで後ろ盾もなにもない第三王女に仕えていたことを、散々馬鹿にされていたのだろう。

「亡くなられた王子様方に仕えていた女官たちが大挙して、今更ながらミュリエル様に仕えたいと申し出ておりますよ」

「……私はタチアナがいてくれるだけで十分よ。仕事がない女官たちには悪いけれど、暇を出して実家に帰ってもらいましょう」

悪いがこれまで彼女たちがいかにミュリエルを見下してきたか、しっかりと覚えている。

今更仲良くなど、できるわけがない。

そして仕事がないのに貴重な国庫を使ってまで、彼女たちを雇い続ける理由もない。

「恐悦至極にございます。我が君。ふふ。今まで女官たちに、ミュリエル様がいかに寛大な主人であるか日々散々自慢してきた甲斐がありました」

「……あなた、そんなことをしていたの？」

「こう見えて結構根に持つ方なんですよね」

どうやらタチアナは表面上平然としていても、ミュリエルを軽んじる者たちに、それなりに恨み辛みを抱えていたらしい。

「彼女たちはこれまで家や自分の立身のため、王妃や王子王女たちの暴虐に必死に耐えて平身低頭仕えてきたというのに、今やその全てが灰燼に帰したというわけですよ！」

ざまあみろというやつですわぁ！　と高らかに嘲笑するタチアナの目がキラキラに輝いている。

今日も骨の髄まで性悪な、可愛い我が配下である。

「一方我が主人は愛らしい上に素晴らしい人格者であり、今や第一王位継承者ですよ！まさに奇跡の大逆転というやつです！」

「思いの外あなたから高い評価を受けていたことに、まずびっくりしたわ」

「あら？　気付きませんでした？　こう見えて私、実はミュリエル様のことが大好きなんですのよ」

まっすぐなタチアナの言葉に虚を突かれ、それからミュリエルは顔を真っ赤に染めた。

褒められ慣れていない身としては、率直な称賛はどうにもこそばゆい。

「それにしても、王妃様方も大変ね」

なんせ当てにしていた自慢の息子たちは殺し合って死んでしまい、これまで散々冷遇し

う。

なんとも惨めなことである。今頃息子の死を悼む暇もなく、生き残りをかけて必死だろう。

「家族を亡くされたのに、少しだけざまあみろと思ってしまうのは、いけないことかしらね」

「いいえ、人間として、正しい感情かと」

そして王妃も側妃たちも、これまでミュリエルにまるで見向きもしなかったくせに、今更になって書状やら貢ぎ物やらを贈ってくる。

予算も何事もなかったかのように、第一王位継承者に相応しい金額にされたらしい。

今更ながらミュリエルを己の傀儡とすべく、手懐けようとしているのだろう。

先日などまるで示し合わせたかのように『自分の親族の男と結婚するように』というほぼ同じ内容の手紙が何人もの妃たちから送られてきて、思わず失笑してしまった。

おそらくミュリエルの摂政となることを狙っているのだろう。

ミュリエルは知恵も能力もない、何の価値もない人間だから。

代わりに権力を行使する人間が必要であると、彼女たちは考えているのだ。

「腹立たしいことだわ……」

申し訳ないが流石に母を殺したかもしれない相手に、与するつもりは毛頭ない。

彼女たちの思い通りになど、なってたまるかという強い思いがある。

「ですが、ミュリエル様はこれからどうなさるのですか？」

「………………」

妃方、及び彼女たちの親族には、できる限り頼りたくはない。

だからといってミュリエルは、自分でこの国をどうにかできるなどと、思い上がったことも考えていない。

早急に頼る先を考えなければならない。彼らと対等に立ち向かえるような相手を。

するとミュリエルには、たった一人しか思い浮かばなかった。

「……国王陛下のところへ行ってくるわ」

娘でありながらミュリエルは、父である国王への謁見願いをしたことがない。

したところで、適当な理由で断られるだろうと思っていたからだ。

だが第一王位継承者となってしまった今ならば、流石に父も無碍（むげ）に扱ったりはしないだろう。

実際に謁見を申し入れれば、すぐに許可が下りた。

（残念ながら、私は今や唯一の王位継承者だものね）

流石にもう、無視することはできないのだろう。

貴族や妃たちから貢がれたドレスには、袖を通す気にならなかった。

それらを着ることで、僅かでも彼らに付け込む隙があると思われることが、嫌だったからだ。

みすぼらしい手持ちの衣装の中で、辛うじて見られるドレスを身につけると、ミュリエルは国王が伏せっている寝室へと向かった。

入った父の部屋は思わず顔を歪めてしまうような、独特の臭いがした。

誤魔化すためか香が焚(た)かれているのだが、混ざり合って余計に酷くなっている気がする。

思わず鼻での呼吸を止めそうになって、それをするのは流石に失礼だと必死に堪えた。

寝台の横で腰をかがめ頭を下げ、声が掛かるのを待つ。

「――面を上げよ」

掠(かす)れた小さな声に、ミュリエルは恐る恐る顔を上げた。

そこには痩せこけて枯れ木のようになった、国王陛下がいた。

かつて母の元を訪れていた彼は、どちらかといえばふくよかな体型をしていたのに。

病は彼の体の肉を、随分と削(そ)ぎ落(お)としてしまったらしい。

――さて、ここが正念場だ。

ミュリエルは覚悟を決め、一つ唾液を嚥下(えんげ)してから口を開いた。

「久しぶりだな、ミュリエル。……随分と大きくなって」

国王はミュリエルの姿に目を細め、そう言った。

不思議とその言葉に温もりを感じ、ミュリエルは驚く。

まるでごく普通の父親がごく普通に娘に声をかけたような、そんな雰囲気だ。

（……そんなはずは、ないのに）

彼はミュリエルに興味などないはずだ。きっと唯一の王位継承者となってしまったから、仕方なく今更ながら娘として扱っているだけで。

「お久しゅうございます。国王陛下」

ミュリエルが緊張し無様に震える声で慇懃に挨拶すれば、国王は悲しげに目を伏せた。

まるで自分の方が加害者のように感じるから、そんな表情はやめてほしい。

「……この度は貴重なお時間をいただき、ありがとうございます」

「……もう、父とは呼んではくれぬのか」

「…………」

寂しそうに言われて、胸の中に酷い罪悪感が渦巻く。

確かにかつてミュリエルは、気まぐれに母の元へ訪れていた彼のことを『お父様』と呼んで、それなりに慕っていた。

けれどももうすでに、国王に父としての愛情を期待することはやめたのだ。

腹に力を入れて、ミュリエルはなんとか微笑みを作る。

「……不敬ですから。そんなことはできません」

暗に父親としての彼を否定してミュリエルがそう言えば、国王は痛みを堪える顔をして目を閉じた。

まるで思春期の娘に避けられ、拒絶された父親そのものだ。

(だって、何もかもが今更だわ)

そう簡単に蔑まれ貶(おとし)められたこの五年間を、苦しく悲しかったこの五年間を、無かったことにはできない。

「――して、これまで余に全く顔を見せなかったそなたが来たわけだ。何か理由があるのだろう?」

だが次に目を開いた時は、彼はすでに国王の顔をしていた。

そのことに僅かながら心に痛みを覚えつつも、そんな自分を嗤(わら)ってミュリエルは真っ直ぐに王を見据える。

かつて父と娘として、気兼ねなく過ごした時間があったからか。

ミュリエルにしては、滑らかに言葉が出た。

「この度、誠に遺憾ながら、私がこの国唯一の王位継承者となってしまいまして」

「ほう、遺憾ときたか。つまりお前はこれまで一度たりとも王位を望んだことはなかったのか?」

「……ええ、ありません。正直想像すらしたことがありませんでした。そんなことを想像できるような状況ではございませんでしたので」

なんせミュリエルは末っ子で、さらには妾腹の王女だったのだから。

すると国王は何かを悔やむように、またしてもそっと目を伏せた。

「……ですがこうなってしまった以上、私には早急に後ろ盾が必要です」

王位継承第一になった時から、国王の命令によりミュリエルの警備が強化された。

だがそれは、父たる王が生きている間のみだろう。

ミュリエル自身には、いまだ何の力もない。

父が亡くなった瞬間に、ミュリエルもまた命を奪われる可能性が高い。

さらには異母姉二人の嫁ぎ先の国からも、命を狙われることになる。

かの国々は豊かなこのエルヴァシス国を手に入れんと、虎視眈々(こしたんたん)と狙っているのだろうから。

この絶好の機会を逃すとは、到底思えない。

ミュリエルの暗殺に成功すれば、かの国々は異母姉を旗頭にして、この国の統治権を求めてくることだろう。

「ですが私は絶対に、王妃様方の息のかかった男性を、夫に迎えたくはないのです」

「──ほう。何故だ」

「……わかっておられるでしょう？　母は病気などで亡くなったわけではありません」

王自身も、ミュリエルの母の急死には疑問を持っているのだろう。

もしかしたら、誰かしらの罪も知っているのかもしれない。

彼はなんとも言えない顔をして、むっつりと黙り込んだ。

己の妻や子や妾たちが殺し合っているのに、この男はずっと傍観し放置してきたのだ。

今更何かを言える立場ではないだろう。

「なので陛下には、私に結婚を命じていただきたいのです」

父たる国王の命令ということにすれば、表面上、妃たちも文句は言えまい。

「妃たちと繋がりがなく、そして対等に戦える相手を、ということだな」

「はい。そうです」

「……ふむ。それでその相手の目星はつけてあるのか?」

その名を口に出すことに、ミュリエルは随分と勇気が必要だった。

だってそれは、彼の未来を奪うことと同義だ。

けれどもミュリエルには、彼以外に誰も思いつかなかった。

(ごめんなさい、ギュスターヴ様……!)

心の中で侘びながら、ミュリエルは口を開いた。

「……ラスペード侯爵家の三男、ギュスターヴ・ロラン・ラスペードを我が夫に望みます」

思いの外、ミュリエルの声が凛とその場に響いた。

国王の目が、面白そうに大きく見開かれる。

ラスペード家はこれまで亡き第一王子を支持していたものの、基本的には中立だ。

正しくは、誰に付くべきかを虎視眈々と見据えているといった感じだろうか。

そして妃たちの実家とも、対等に渡り合える国内有数の大貴族でもある。

ギュスターヴの父である侯爵は、なかなかに野心的な人物であると聞いている。

つまりは彼と結婚したところで、ミュリエルが傀儡になる未来は変わらないだろう。

だがどうせ操られ利用されるのなら、その相手はギュスターヴがいいというだけの話だ。

「……なんだ。意外にもそなた、余に似て面食いなのだな」

「……え？　ち、違います！」

どうやら国王は、ギュスターヴの麗しい顔を知っていたようだ。

呆れた様子でそんなことを言ってきたので、ミュリエルは慌てて否定をした。

いや、確かに彼の顔面が素晴らしいことに間違いはないが、理由はそれではないのである。

「ギュスターヴは、この国のことをよく考えていて、彼のその姿勢が……」

「まあ、ラスペード家は悪くはない選択だ。――なんせ、顔も良いしな」

「ですから違いますって！」

しつこく揶揄うように言われ、ミュリエルはまた強く否定した。

不敬にも少々唇が尖ってしまったのは、不可抗力である。

するとそれを見た国王は楽しそうに懐かしそうに、小さく声をあげて笑った。

「――よかろう。王として、父としての最後の仕事だ。必ずやそなたをギュスターヴ・ロラン・ラスペードと結婚させてやろうとも」

それは娘の幸せを、ただ祈るような言葉だった。

もしかしたら彼は、己の妻たちの手からミュリエルの命を守るために、興味がないふりをするしかなかったのかもしれない。

本当は自分は、彼にちゃんと愛されていたのかもしれない。

そんなことをミュリエルは思った。――やはり今更、どうにかなる話ではないのだけれど。

国王はすぐに秘書官と法務大臣を呼び付け、口頭で書状を二通作成させ、最後に病み衰えて震える手で署名をしてくれた。

ミュリエルとギュスターヴに、結婚を命じる勅命状を。

「――これは余の命令である。何者にも逆らうことは許さぬ」

王の署名付きであるそれは、この国の誰であろうと、異議を唱えることはできない。

そうやって国王はミュリエルの願いを、自分の命令としてくれた。

それだけで以後ミュリエルへ向けられるであろう敵意は、随分と軽減されることだろう。

こんなに強気に動く国王を初めて見たと、命令書をミュリエルに手渡した秘書官が言った。

これまで王は、面倒ごとを避けて生きてきたというのに。

もはや死を目前とした彼に、怖いものはないのかもしれない。

翌日ミュリエルはその命令書を手に、書庫にいるであろうギュスターヴの元へと向かった。

(――この結婚は、契約のようなものだから)

愛などなくても、婚姻は成立するものだ。

そもそも王侯貴族の結婚の、そのほとんどが政略によるものなのだから。

(でもちゃんと、自分の口で伝えたい……！)

それでもギュスターヴに誠意を見せたくて、自分の口で求婚しようと意気込んでみたものの、ミュリエルを王女であり、自分の婚約者だと知らないまま、彼は逃亡してしまったのである。

(……どうしよう)

もはや追いつけぬほど小さくなった彼の背中を見つめて、ミュリエルは愕然とする。
何かが、決定的に拗れた予感しかしない。
王女として、婚約者として、ギュスターヴと顔を合わせた時、彼は何を思うだろうか。
ミュリエルは思い悩み、その場で立ちすくんだまま、深いため息を吐いた。

第二章　女王陛下とその王配

「うふふ、楽しいですわー！　私はずっとこういうお仕事をしたかったんですよ！」

タチアナがこれまでになく上機嫌で、ミュリエルの髪を丁寧に梳り、やたらと複雑怪奇な形に編み込んでいる。

第一王位継承者となってからというもの、ミュリエルに割り当てられる予算費が王女に相応しい金額に戻された。

そしてタチアナはその金を使い、嬉々としてミュリエルのために、ドレスや宝石を揃えた。

元々彼女は様々な商いを手広くやっている、子爵家のご令嬢である。

身分が低いながらも彼女が王族に仕える上級女官となれたのは、裕福な実家が女官長に金を積んだためだったらしい。

タチアナの父は、娘に王宮勤めの経験という箔をつけさせてから嫁に出すべく王宮へ送り込んだようだが、当の本人はすっかり主人であるミュリエル母とミュリエルのそばが気に入ってしまい、そのまま実家に戻ることはなかった。

そのことに怒った実家から、援助の一切を切られてしまったとしても。

『父の決めた男に無理矢理嫁がせられるより、王宮でミュリエル様と呑気にお茶を飲んでいる方が何倍もマシですから。なんせうちの父は、娘の幸せよりも己の商売を優先するような人ですからね。絶対に結婚相手の見た目や人格は度外視でしょうし』

碌でもない男と結婚するくらいなら、ここでミュリエルのそばにいたいのだと。

そう言って笑ってくれた。彼女もまた身勝手な父親の被害者なのかもしれない。

だがこの度めでたくタチアナが第一王位継承者の側仕えとなったことで、実家の子爵家は華麗に手のひらを返し娘に繋ぎをとってきて、一気に協力的になったのだそうだ。

次期国王との繋がりを、失いたくないのだろう。

『まったく図々しいったら。これぞ商売人って感じですわよね。まあ、こちらもせいぜい利用するだけ利用させていただきますわ』

そう言って、ミュリエルのためにタチアナは実家の伝手を使って、父親に諸々無理をさせつつ、ミュリエルの身の回りを整えてくれたらしい。

彼女は口と性格は悪いが、非常に仕事のできる女官なのである。

おかげでミュリエルは、王宮を牛耳る嫌いな人間たちに頼らずに済んだ。

鏡の中にいる地味な自分が、タチアナの手によって、みるみるうちにお姫様らしくなっていく。

だがミュリエルの表情は、どうにも浮かない。

なんせ今日、この王女らしい姿でギュスターヴに会わねばならないのだ。

結局考えが纏まらないまま、この日が来てしまった。

「あらあら、どうなさったんです。愛しのギュスターヴ様とお会いするのに」

「……………」

ミュリエルは能天気にそんなことを宣うタチアナを、恨めしげな目で見やる。

もちろんタチアナには、ミュリエルが抱える恋心などお見通しだ。

だが残念ながらこれは、そんな素敵な話ではないのである。

ギュスターヴは王女姿のミュリエルを見て、何を思うだろう。

怒るだろうか、喜ぶだろうか。――それとも憎むだろうか。

考えれば考えるほど、気弱なミュリエルの胃と心臓が締め付けられるように痛む。

「……だって、ギュスターヴ様は知らないのよ」

ミュリエルが、次期女王であることも、己の婚約者であることも。

するとそれを聞いたタチアナは呆気にとられた後、声をあげてケタケタと笑った。

「なるほど。それは驚くでしょうね！」

「………そうなのよ」

「それからきっと、幸運(ラッキー)だったと思うでしょう」

「…………そうかしら?」

「そりゃそうですよ。本来政略結婚なんてものは、相手がどんな醜悪な顔をしていようが、どんな性悪な性格をしていようが、親の都合で本人の意志を無視して強いられるものなんですから」

確かにこの結婚は、ギュスターヴの意志を無視して推し進められたものだ。

またしょんぼりとしてしまったミュリエルに、タチアナは呆れたように肩を竦めてみせる。

「それなのにミュリエル様ときたら、お可愛らしい見た目な上に多くの男性が好みがちな、気が弱くて従順な性格をしておられますからね」

さらには国家権力という、とんでもない持参金付きである。

ギュスターヴ様としては、幸運以外の何物でもないと思いますよ、とタチアナは言った。

思わずミュリエルは、顔を歪めてしまった。

何故だろう。褒められているはずなのに、ちっとも嬉しくない。

だが確かにそれは、母がミュリエルにそうあれと求めたものだ。

(……でもギュスターヴ様は、そんなこと思わない気がする)

彼はミュリエルが何かしら意見をしたり感情を露(あら)わにすると、むしろ喜んでいる節があった。

だからこそ彼の隣は、ミュリエルにとってとても居心地が良かったのだ。

ギュスターヴとともに過ごす時は、何も堪えなくていい。好きなようにありのまま過ごせる。

そのことがどれだけミュリエルにとって、得難く幸せであったことか。

それなのにミュリエルは、これから彼に長き忍耐を強いるのだ。

「大丈夫ですよ。ミュリエル様。今やあなたはこの国で間違いなく一番の女性です。自信を持ちましょう」

ミュリエルをせっせと飾り立てながら、タチアナが元気付けてくれる。

彼女の技術は確かだ。目に見えて自分の姿が華やいでくる
母が亡くなってからというもの、こうして身を飾ることもなかった。

姿見の前でみるみるうちに変わっていく自分の姿に、ミュリエルの心が年頃の乙女らしく浮き立った。

ギュスターヴと会う時はいつも質素な装いをしていたため、こうして着飾った姿を彼に見せられることは、素直に嬉しい。

「首飾りと耳飾りはどうなさいます?」

タチアナに言われ、ミュリエルは少し考えた後「青玉(サファイア)でお願い」と言った。

それはギュスターヴの瞳の色だ。

彼を特別に思っていることを、ほんの少しで良いから匂わせたかった。ささやかな、乙女心だ。

（……そうよ、話せばきっとわかってもらえるわ）

騙していたのではない。ただ、仕方がなかったのだと。

支度を終え、ミュリエルは謁見室へと向かう。——そこに、ギュスターヴが待っている。

「いいですか。ミュリエル様。公の場では、身分の低いものから身分の高いものに話しかけることはできません。ですからギュスターヴ様にはあなたから話しかけねばなりませんよ」

「……ええ。わかったわ」

王族でありながら、公務の類に一切関わってこなかったミュリエルは、王族としての立ち振る舞いがまるで身についていない。

よって、タチアナの助言はありがたかった。

彼女がどうしてそんなにも、王族の作法に詳しいのかは少々不思議ではあるが。

「それとこの私と結婚できるのだから、ありがたく思いなさい！　くらいの姿勢（スタンス）でいきましょう」

「ふふっ……」

タチアナの強気な言葉に、思わず笑ってしまう。

流石にそれはミュリエルの性格上難しいが、確かにほんの少しだけ緊張が解けた気がする。

「……いつもありがとう、タチアナ」

笑って礼を言えば、タチアナは猫のように目を細め、嬉しそうに笑った。

謁見室の扉が恭しく開けられ、ミュリエルは息を詰めてその中へゆっくりと足を踏み入れる。

そこには正装を身に纏ったギュスターヴが跪き、首を垂れていた。

その隣で同じく跪いている中年男性は、おそらく彼の父であるラスペード侯爵だろう。

初めて見るギュスターヴの臣下としての姿に、不思議と心が痛んだ。

覚悟を決めるように一つ大きく息をすると、ミュリエルは口を開いた。

「──顔を上げてちょうだい」

震えそうになる喉を叱咤して声をかければ、びくりとギュスターヴの肩が大きく跳ねた。

きっと、聞き慣れた声だったからだろう。

恐る恐る顔を上げた彼は、ミュリエルの姿をその目に映すと、驚いたように目を見開き、
それから一瞬酷く顔を歪ませた。

聡い彼のことだ。一目で大体のことを察したのだろう。

『ミュー』と、声に出さずに彼の唇が、ミュリエルの名を呼んだ。

それから何事もなかったかのように、ギュスターヴは大輪の花のように微笑む。

その笑顔を見て、ほうっと後ろに控えたタチアナが感嘆のため息を吐いた。

だがミュリエルの心は、切り裂けんばかりに痛んだ。

それはいつもの彼の笑顔ではなかった。美しく作り上げられた、偽りの笑顔だ。

たった今、ギュスターヴがミュリエルとの間に明確に線を引いたことが、わかってしまった。

「……遠いところ、悪いわね。ラスペード公」

ミュリエルはなんとか口を開き、無難な会話をする。

年上の男性に対し、敬語を使わないように話すのは、気の弱いミュリエルには存外難しい。

「お気遣いいただきありがとうございます。ミュリエル殿下」

ギュスターヴによく似た顔で、柔和に笑うラスペード侯爵。

だが彼の目は明らかに、そして強かにミュリエルを値踏みしていた。

これまで蔑まれながら生きてきた経験から、人の悪意に敏感なミュリエルには、それが手に取るようにわかってしまう。

（やっぱりあまり彼には気を許さない方が良いわね……）

ミュリエルに利用価値がないと判断されれば、きっとあっさりと切り捨てられることだろう。

一方で容易(たやす)く利用できると思われれば、きっと骨の髄までしゃぶられるくらいに利用されてしまうに違いない。

（……弱さを見せるわけにはいかない）

ミュリエルは必死に顔をあげ、余裕のある表情に見えるよう、おっとりと口角を上げた。

「こちらが私の三男のギュスターヴです」

紹介されたギュスターヴが、微笑みを浮かべたまま口を開く。

「お初にお目にかかります。ギュスターヴ・ロラン・ラスペードと申します」

「……ええ。初めまして」

本当は初めてなどではない。だがギュスターヴはその体をとることにしたようだ。

胡散臭(うさんくさ)い微笑みを浮かべたまま、じっとこちらを窺うように見つめてくる。

一体彼は、今、何を考えているのだろう。

恐怖で、ドレスの下のミュリエルの足が震える。

だがこのままずっと黙っているわけにもいかない。

「……彼とは夫婦になるのだから、二人きりで話がしたいの。皆下がってちょうだい」

ミュリエルは小首を傾げ、タチアナとラスペード侯爵に命じた。

「ですが……」

王が定めた婚約者同士とはいえ、未婚の若き男女を二人きりにするわけにはいかないと考えたのだろう。

難色を示した二人に、申し訳ないと思いつつ、ミュリエルは再度強い口調で命じた。

「私が『下がれ』と言っているのよ」

強い言葉を紡ぐことは、慣れない。

言ったすぐから、傷つけてしまったのではないかという罪悪感に苛まれる。

だが仕方がない。ギュスターヴとの会話を彼らに聞かれるわけにはいかないのだ。

不安げな顔をしつつも、タチアナとラスペード侯爵が謁見室から退出したのを見計らい、ミュリエルはまっすぐにギュスターヴを見た。

彼は相変わらず、何を考えているのかわからない微笑みを浮かべたままだ。

「……私に何か言いたいことがおありなのでしょう。ギュスターヴ様」

ミュリエルの言葉に、ギュスターヴは面白そうに片眉を上げてみせた。

「おや、私の話を聞いてくださるのですか？　ミュリエル殿下」

「……ええ。私にはその義務がありますから」

嫌みたらしい言葉に心を痛めながらも、ミュリエルは話を促す。

これから彼に背負わせる重荷を思えば、彼の思いを全て受け入れねばなるまい。

「……では失礼を致します」

すっと彼の顔から表情が抜け落ちる。ミュリエルの背筋が冷える。

「何も知らぬ私を揶揄うのは、面白かったですか？　ミュリエル第三王女殿下」

ギュスターヴの冷たい目に、ミュリエルは震えた。

そんなつもりはなかった。けれどそう思われても仕方がない。

そしてこうして二人きりになっても、彼の敬語は崩れない。

完全に壁を造られたことを悟り、ミュリエルの胸がまた悲しみで締め付けられる。

「……ごめんなさい。私が王女であることがあなたに知られたら、もう仲良くしてもらえないと思って……」

必死に言い訳をしても、ギュスターヴの表情は動かない。

泣きそうになりながら、ミュリエルは言葉を紡ぐ。

「王女といっても私は妾腹で、後ろ盾もなく、王宮の人たち皆に嫌われていたから……」

――誰一人として見向きもしない、嫌われ王女。近づいても何の利益もない存在。

「本当にごめんなさい」

深々と頭を下げれば、呆れたようなため息が聞こえた。

「――殿下。王女ともあろう方が、そんな簡単に頭を下げてはいけませんよ」

ギュスターヴに冷たく言われ、ミュリエルはぐっと奥歯を嚙（か）み締（し）める。

そうしないと嗚咽が漏れそうだったからだ。

「それから、今後は私に敬語を使うのはおやめください。他の者たちに示しがつきませんので」

「わかりました……。ではなくて、わ、わかったわ」

これまでミュリエルはずっと、ギュスターヴとは敬語で話していた。ギュスターヴの方が年上であり、自分が王宮で働く侍女という設定だと、彼の方がずっと身分が上だったからだ。

だが確かにギュスターヴに敬語を使う姿を誰かに見られたら、色々と邪推されかねない。

ミュリエルは慣れないなりに、必死にギュスターヴに話しかける。

「わ、私との結婚が、あなたにとって不本意であることは理解しているの」

それを聞いたギュスターヴが、むしろ理解できないと怪訝(けげん)そうな顔をする。

だがどうしても彼にわかってほしくて、ミュリエルは言葉を続ける。

「でも、どうしても夫を選ばねばならなくなって……。そうしたらあなたしか思い浮かばなかったの」

視界がぼやけ涙がこぼれそうになるが、必死に耐える。

ギュスターヴを陥れた自分に、泣く権利などないのだ。

自分は役人として実直に働いてきた彼に、一方的に王配という地位を与え、彼のこれまでの努力を全て無にするような行動をとっているのだから。

「……あなたは自分の力でも十分上にいける人よ。けれど私との結婚をあなたの理想を叶えるための、手っ取り早い手段だと思ってはくれないかしら。私をあなたの傀儡にしてくれればいいいわ」

「……………」

「……どうか私を利用してちょうだい。私があなたを利用したように」

かつて聞いた彼の夢は、きらきらとして、とても素晴らしいものだったから。

「この結婚は、そのための契約のようなものとして考えてもらえればいいわ」

だがそれを聞いたギュスターヴの眉間の皺が、これまでになく深い。

どうやら更に不機嫌になってしまったようだ。

「……それで。私がもしあなたの期待に沿えず道を踏み外し、この国に悪政を敷いたらどうなさるおつもりですか？」

ギュスターヴは、何やら苦々しい表情を浮かべている。

何故そんな当たり前のことを聞くのだろうと、ミュリエルはきょとんと目を見開いた。

「もちろん私が責任を取るわ」

ミュリエルは迷いなく答える。女王として自分ができることは、それくらいだ。

「……愚王として歴史に名を残すことになってもですか？」

「ええ、私があなたを選んだ以上、あなたの行動の結果は、全て私が背負うものでしょう?」

だってミュリエルが、ギュスターヴを選んだのだから。

それに伴う責任は、全てミュリエルが負うべきだろう。

いわゆる任命責任というやつである。

「それでこの首を落とされることになっても、かまわないわ」

男に狂って国を滅ぼした女王と言われたとしても。それは事実なので仕方がないことだ。

迷うことなく言い切ったミュリエルに、ギュスターヴは唖然とし、それから綺麗に後ろに撫でつけられた銀の髪をグシャリと掻き毟った。

「あなたは、おかしい」

「……そうかしら」

ミュリエルが小首を傾げてみせれば、ギュスターヴは肺の中の空気を全て吐き出すような、深く長いため息を吐いた。

「では私のために、死んでくださるということですか」

熱を宿した目で見つめられ、ミュリエルは動揺した。どうしよう。相変わらず彼の顔が良い。

(国王陛下、ごめんなさい。私やっぱり酷い面食いなのかもしれません)

なんせ彼のためなら、死んでもいいだなんて思ってしまうのだから。

顔を赤らめながらも、ミュリエルは必死にギュスターヴの青い目を見据えた。

「そ、そうよ。私は自分の全てを、あなたに賭けるの」

すると、ぐう、とギュスターヴが喉を鳴らし、両手で顔を覆ってその場にしゃがみ込んでしまった。

何か間違ったことを言ってしまったかと、ミュリエルは慌てる。

「ぎゅ、ギュスターヴ！　大丈夫⁉」

「――――あなたは、馬鹿です」

指の合間から思わずといった感じでこぼされた言葉は、非常に失礼で。

そんなことはわかっていると、ミュリエルは小さく唇を尖らせる。

ややあって両手を顔から外し、ギュスターヴはもう一度深くため息を吐く。

そして立ち上がり、また妙に胡散臭い笑顔を浮かべた。

「――――良いでしょう。我が君。あなたの期待にお応えできるよう、このギュスターヴ・ロラン・ラスペード。あなたの夫であり未来の王配として、全身全霊を尽くしましょう」

ギュスターヴを口説き落としたと、ミュリエルの中に安堵が広がる。

友人としての彼は失ってしまったが、生き残り、王位を継ぐための、第一の関門を突破した。

「我が君。私は必ずやあなたを、この国の歴史に残る名君にしてみせます」

それからギュスターヴは堂々と、そんなことを口にした。

いや、流石にそこまでは望んでいない、とミュリエルは思った。無茶(むちゃ)振りにもほどがある。

だが彼が何やら楽しそうな顔をしているので、まあいいかと思う。

「では、できるだけ早く結婚式を挙げましょう。病床にいる陛下に花嫁姿を見せたいからとかなんとか適当に理由をつければよろしいでしょう」

「ええ？　どうして？」

婚約という形を取れるのであれば、そんなに急がなくとも、と未(いま)だどこか心の準備ができていないミュリエルを、ギュスターヴは呆(あき)れ果(は)てたような冷たい目で見下ろす。

そんな出来の悪い駄目な子供を見るような目で見ないでほしい。

一応ミュリエルの方が、身分が上だった気がするのだが。

「良いですか？　現王陛下がお亡くなりになれば国全体が喪中となり、それから一年間国を挙げて行うような祝い事はできなくなります。ぽやっとしたあなたでは、その一年間でこの国ごとあの女狐(めぎつね)どもにペロリと食われるのが関の山です」

綺麗な顔でとんでもなく不敬なことを言ってくる未来の夫に、ミュリエルは愕然とする。

「婚約者という立場ではどうしても弱いんですよ。王宮に住み込めるわけでもありません
し」

ミュリエルをすぐそばで守れなければ意味がないのだと、ギュスターヴは言った。

「ごもっともです……」

彼の言っていることは、一片たりとも間違っていない。

喪中の間にミュリエルは、この国は、喰らい尽くされてしまうだろう。

ミュリエルは己の認識が甘かったと反省する。

「おそらく陛下もそのおつもりかと。すぐにでも結婚の準備に取り掛かるよう、我がラス
ペード家に直接勅命状を送られたくらいです」

「……わかったわ。できるだけ早く結婚しましょう」

ミュリエルが頷けば、ギュスターヴは少しだけ微笑みを浮かべてくれた。

それは共に過ごした書庫で、よく見せてくれたいつも通りの笑顔だった。

それだけで胸が喜びで締め付けられてしまうのだから、恋心とは本当に愚かなものだと
ミュリエルは思う。

（……そうね。たとえ愛されなくとも好きな人と結婚できるのだから、私は幸せなのでし
ょう）

もしミュリエルが姉たちのように真っ当な王女として育っていたのなら、己の意思に関係なく知らない国の知らない男の元へと嫁がされていただろう。

たとえ契約であっても、好きな男と人生を共にできるのだから幸運だ。

するとギュスターヴがミュリエルの手を取って、その甲に口づけを落とした。

まるで淑女に忠誠を誓う騎士のようだと思い、ミュリエルは顔を真っ赤にした。

こんな小説の一場面の様なことが、自分に起こるなんてと。

彼女のその表情を見て、ギュスターヴは満足げに笑う。

「ではそろそろ父を呼びましょうか。やらねばならないことに対して、あまりにも時間がない」

「あ、待って。もう一つだけ言いたいことがあるの……」

そう。最後に、彼に言わねばならないことがあった。けれども言いたくなくて、喉が詰まる。

（……頑張れ、私）

ギュスターヴの顔から目を逸（そ）らし、ミュリエルは必死に口を開いた。

「あなたにこんな結婚を強いてしまったことを、本当に申し訳なく思っているの」

ギュスターヴがまた怪訝そうな顔をする。

「何故そんなことを思うんです？」

「……だっていつかあなたにも、他に好きな女性ができるかもしれないでしょう？　立場上どうしてもあなたの妻の座をその人に明け渡すことはできないけれど、あなたが妾を抱えても、私は文句は言わないから……」

その言葉を紡ぐことに、ミュリエルの胸に引き裂かれるような痛みがあった。

本当は彼が自分以外の女性を愛する姿など見たくない。理解など示したくない。

けれど彼に結婚を強いた自分には、そんなことを願う権利はない。

だからミュリエルは、なんでもないことのように笑ってみせた。

「────は？」

だが次の瞬間。これまで聞いたことのないような低い声が、ギュスターヴの口から漏れた。

驚き、弾かれたように彼の顔を見上げれば、これまた見たことがないほどに険しい顔をしていた。

定規で測れそうなくらいに、眉間の皺が深い。

「我が君はお馬鹿さんですねぇ……」

「……ひっ！」

小心者のミュリエルは、恐怖で小さく体を跳ね上げる。

「……女王の王配となった男が、妾など抱えられるわけがないでしょう？」

それから小馬鹿にしたように言われ、ミュリエルは唇を嚙み締めた。

「そのような隙を見せようものなら、私は素行不良を理由にすぐにあなたの王配の座から引きずり下ろされるでしょう。そんな愚かな真似をするわけにはいきません」

――確かに、とミュリエルはまたしても自分の認識の甘さを思い知る。

王が愛妾を抱えることは、許されるだろう。

だが女王の王配が愛妾を抱えれば、それは弱みでしかない。

なんせいくらでも替えが利く立場であり、神は夫婦の間に貞節を求めるものなのだから。

この国の主人たる女王陛下を妻としながら不貞を行うような男に対し、周囲が黙っているわけがない。

「……それもそうね」

ギュスターヴはミュリエルの夫である以上、他に女を求めるのは難しい。――つまりは。

「私は生涯あなただけのものですよ。我が君。……残念ながらね」

ミュリエルは自分が彼から奪ったものを思い知り、その罪深さに戦慄した。

そしてそれと同じくらいに、仄暗い歓喜に包まれた。

――ギュスターヴの人生を、すべて手に入れた、という。

己の醜さを知り、真っ青な顔をして俯いてしまったミュリエルを面白そうに見つめ、それからギュスターヴは彼女の華奢な顎を指先で捕らえると、上を向かせる。

思った以上にすぐ近くにギュスターヴの整った顔があって、ミュリエルは驚きまた小さく体を跳ねさせた。

だがそれに構わずギュスターヴはさらに顔を近づけ、ミュリエルの唇に己の唇を触れ合わせる。

柔らかで温かな感触が唇に当たり、ミュリエルは呆然と目を見開く。

あまりのことに、頭が現実のこととして認識してくれない。

唇が離れると、ギュスターヴはにっこりと、顔に満面の作り笑いを浮かべた。

「――そしてあなたのすべてもまた、私のものですよ」

私のために死んでくださるのでしょう？　と楽しげに言われ、ようやく思考が追いついたミュリエルは、顔を真っ赤にして諤々と首を縦に振った。

それからギュスターヴは指を伸ばし、ミュリエルの色づいた耳と、首に触れる。

そこには彼の目と同じ色の、青玉が輝いていた。

「もしやこれは、私の目の色ですか？」

それは好きな人の色を身に着けたいという、ミュリエルの精一杯の乙女心だった。

まさか気づかれるとは思わず、ミュリエルは驚き、さらに顔を赤くして俯く。

「――よくお似合いですよ」

するとギュスターヴはそう言って、満足げに笑った。

こうしてエルヴァシス王国第三王女ミュリエル・フォスティーヌ・エルヴァシスとラスペード侯爵家の三男ギュスターヴ・ロラン・ラスペードの婚約は整い、伏せっている国王が存命のうちにと結婚式の準備が大至急で進められることとなった。

国民への公示に衣装の準備に招待客の選出に会場の準備にと、とにかく目が回るほど忙しく、ミュリエルはその間ちっともギュスターヴに会えなかった。

ギュスターヴはギュスターヴで忙しいようで、時折報告書のような甘さの全くない手紙が届く。

それでも冒頭の『親愛なる』という定型文だけでそれなりに幸せな気持ちになってしまうのだから、恋とは恐ろしいものである。

そして婚約からたった一ヶ月後に行われた急拵(きゅうごしら)えの結婚式は、王族としては非常に質素な、けれどもミュリエルとしては十分すぎるほど豪華なものだった。

花嫁衣装はミュリエルの祖母に当たる、今は亡き王太后が身に纏った繻子(サテン)のドレスを現代風に手直しして使用した。

一から王族の婚姻に使用できるような婚礼衣装を作る、時間的余裕がなかったからだ。

父たる国王はそのことを悔やむ様子だったが、祖母のドレスを身に纏えること自体、自分が王族であることを認められたことの証明のように感じ、むしろミュリエルは喜んだ。

なんせ当時の技術の粋を集め、更に金と時間を惜しまず製作された衣装だ。

生地から縫い付けられた宝石、施された刺繡まで全てが超一級品である。

一部の刺繡に至っては、今の技術では再現できないとまで言われているドレスなのだ。

よってミュリエルに全くもって不満はなかった。その長すぎる裾と重さ以外は。

頭を飾るティアラは、隣国へ嫁いだ第一王女が使っていたものを譲り受けた。

白金と金剛石と真珠で作られた、我が国の国宝の一つだ。ちなみにこれも重い。

そして挙式は王都内にある、大聖堂で行われた。

その大聖堂は王家の持ち物であり、国王の戴冠式や王族の結婚の時のみに使用される。

本来のミュリエルの身の上では、使用許可が下りなかったであろう場所だ。

神々の絵が描かれた高い丸天井の下、祭壇の前にギュスターヴが緊張した面持ちで立っている。

黒を基調にし、銀で装飾された衣装を身に纏った彼は、神々しいほどに格好良く、ミュリエルは目が眩む思いだった。

タチアナやラスペード侯爵家から派遣されてきた侍女たちの尽力により、それなりに盛ったつもりだったが、やはり彼の隣に立つと到底釣り合わない。

（周囲にはきっと、面食いな私が身の程知らずな我儘を言って、彼に無理矢理結婚を強いたのだろうとでも思われているのでしょうね……）

それがまた、あながち間違いではないから困ってしまうのである。

彼に結婚を強いたのはまごうかたなき事実であり、誠に残念ながらミュリエルには言い訳のしようがない。

高らかに聖歌が流れる中で、ミュリエルはギュスターヴが待つ祭壇へと続く、赤く細い絨毯（じゅうたん）の上をゆっくりと歩いていく。

引きずっている裾がミュリエルのはるか後方まで続いており、どうしてもそれ以上の速度は出なかった。なんせやたらと裾がもつれるのだ。

（転びそうで怖いわ……！）

そんなことになったら、きっとこの国の末代まで語り継がれてしまうに違いない。

花嫁が勿体（もったい）ぶったようにゆっくり歩く、その真実の理由をミュリエルは知ってしまった。

更には花嫁の父が花婿の元まで娘をエスコートするのは、花嫁の転倒を防ぐためなのではなどと、つい身も蓋もないことを考えてしまう。

本来なら父としてミュリエルに腕を貸すべき国王は、式に出席できなかった。

意識こそかろうじてあったものの、寝台から動ける状況ではなかったからだ。

代わりにエスコートを申し出た者たちも多くいたが、誰を選んでも角が立つ気がして、悩んだ末にその全てを断った。

そしてミュリエルは、一人でギュスターヴの元へと歩くことを決めた。

それは母を失ってから、自分には頼れる家族はいなかったのだと、暗に伝えているように見えるかもしれない。

だがその意向をギュスターヴに伝えたところ、『まあ、それは事実ですからね。これまで貴女を軽んじてきた者たちへの牽制にもなるでしょうし、むしろ良いかもしれません』と彼は言った。

そうすることで、周囲には頼らないという、明確な意思表示にもなるだろうと。

（確かにこれまで私をぞんざいに扱っていた人たちへの、良い意趣返しになるかもしれないわね）

自分には頼れる家族などいなかったし、今更必要ともしていないのだと。

もちろん批判もあったが、これまたギュスターヴの指示通りに『父たる国王陛下以外の方と、祭壇への道を歩くなんて絶対にできません……！』などと泣き落とせば、周囲は何も言えなくなった。

病に伏せる王たる父への思慕であり、敬意であると主張することで、黙らせたのだ。

あんなにも清廉な少年だったギュスターヴが、世間の荒波に揉まれ随分と腹黒く強かになったものだと、ミュリエルは遠い目で感慨深く思った。

ちなみにそれを人伝いに聞いた国王陛下は、大層お喜びになったらしい。

もしかしたらやはり自分は、彼にそれなりに愛されていたのかもしれないと思う。

実際国王陛下が命じてくれなければ、こんなに早く結婚に辿り着かなかっただろう。

（ありがたいことだわ……）

母を亡くして以来、ミュリエルは父に初めて心からの感謝の念を持った。

長い時間をかけ、ようやくギュスターヴの元に辿り着くと、気合いを入れて彼の顔を見上げる。

ギュスターヴはミュリエルを見つめ、眩しそうに目を細めると、幸せそうに甘く笑った。

そのあまりの美しさに、参列者たちからほうっと感嘆の溜め息が漏れる。

もちろんミュリエルも魂が抜けてしまったかのように、ギュスターヴに見惚れてしまった。

（ギュスターヴったら、すごいわ……！）

まるで本当にミュリエルを愛しているかのような雰囲気だ。

恋する乙女は、うっかり騙されてしまいそうである。

彼に腕を差し出されて、慌てて我に返ると、その腕に己の手を絡める。

それから二人でこの大聖堂の長である大神官を見上げ、形式上、神の名の下に愛を誓い合った。

「――これにて神の名の下に、御二人（おふたり）を夫婦と認めます」

大神官の言葉に、ミュリエルはほっと胸を撫で下ろす。

ミュリエルとギュスターヴは正式に夫婦になった。

何人たりとも、もう自分たちを引き離すことなどできない。一蓮托生（いちれんたくしょう）である。

ギュスターヴに伴われ、参列者たちの祝福の中を歩き出す。

王妃たちは一見微笑みを浮かべながらも、己の思い通りにならないミュリエルに対し、明らかに敵意を向けていた。

これから、どうなるかはわからない。

けれども彼女たちに一泡ふかせてやれたことは、正直嬉しかった。

（……女王として、なんとか生き延びてみせる）

この結婚でミュリエルは、ギュスターヴの実家であるラスペード侯爵家の後ろ盾を得ることができた。

たとえ王妃であっても、そう簡単に手出しはできない立場となったのだ。

これまで妾腹の王女とミュリエルを見下していた彼女たちとしては、腹立たしいことこの上ないだろう。

さらには次期女王の義父となったラスペード侯爵の傘下に入らんと、今では多くの貴族たちが次々に妃たちとその実家から距離を置き始めているらしい。

王妃を始めとする国王の妻たちと、次期女王であるミュリエルの関係があまりよくないという噂がまことしやかに流れているからだ。

これまでずっと彼女たちによって、ミュリエルが王宮費を与えられていなかった等の迫害を受けていたという事実と共に。

おそらくそれを流しているのは、ラスペード侯爵本人であろう。

せっせと世論を操っているあたり、やはりギュスターヴの父らしく、強かなお方である。

『――ですが私は父の思い通りになどなりませんよ。元々父とはあまり考えが合わないのです。色々と利用はさせていただきますが、私は私のしたいように動くつもりです』

ギュスターヴは、そうミュリエルへの手紙に書いていた。

一族の繁栄や栄華ばかりを追い求める父とは、距離を置くつもりであると。

実際にどうなるかはわからないが、これから先の人生を彼を信じて生きていこうと思う。

大聖堂から出た二人は、王族の婚礼の時にしか使用されない豪奢な無幌の馬車に乗り、王都内をパレードしながら王宮へと戻る。

多くの人々の視線が自分に向けられていることを感じ、ミュリエルは恐怖で俯く。足の震えがとまらない。

「――大丈夫ですよ、我が君。顔をあげて、胸をお張りください」

ギュスターヴが耳元で囁き、ミュリエルの頬に優しい口付けが落とされる。

彼の声に励まされ、恐る恐るミュリエルが顔を上げれば。

石畳の路の両側に国民たちが集まり、次期女王とその美しい夫に向けて、花びらを撒きながら歓声を上げていた。

てっきり罵声を投げつけられるかと思っていたのに、思った以上に歓迎されていることに、ミュリエルは驚く。

（まあ、よく考えれば平民が王族に向けて、そんな態度を取れるわけがないわよね……）

それでも国民に自分を見せつける、大事な機会だ。

なによりギュスターヴに恥をかかせるわけにはいかない。

これから先、ミュリエルの行いは全てギュスターヴの評価に直結するのだから。

ミュリエルは気合いを入れると、歓声に応えるように胸を張って笑みを作り、周囲に手を振った。

もちろんギュスターヴもミュリエルの腰に手を回し、にこやかに笑っている。

「……ん？」

するとぎゅっと腰に力を入れられた。

何だろうと彼を見上げると、熱のこもった目で見つめられ、愛しそうに微笑まれる。

（ああ、もっと仲良く見えるようにしろってことね）

流石の演技力である。負けじとミュリエルも微笑みを作ると、恋焦がれるようにうっとりと彼の顔を見上げてやった。

　こちとら演技ではなく本気である。よってそれほど難しいことではなかった。

　きっとギュスターヴには迫真の演技に見え、さらに国民たちには、愛し合って結ばれた二人に見えるだろう。

　それにしてもギュスターヴの演技は素晴らしい。ミュリエルを見つめる彼の耳が、うっすらと赤くなっているところまで完璧である。

　国民たちの歓声の中王宮に戻れば、今度は貴族たちを相手にした祝宴が始まる。

　現国王が病に臥せていることを考慮したため、これまた王族の婚礼の宴にしては一見質素に行われたが、振る舞われた料理や酒、そして会場の装飾まで、時間がない中で最上級のものが取り揃えられており、それらを支援したラスペード侯爵家の財力を周囲に知らしめた。

　ラスペード侯爵は、花婿の父としてご満悦である。

　ミュリエルは延々と祝辞を受け続け、表情筋が筋肉痛になりそうなくらいに長時間ひたすら微笑み続け、初夜の支度があるからとギュスターヴよりも一足早く会場を後にした時にはもう疲れ果てていた。

　なんせ王宮の片隅で、ひっそりと生きてきたミュリエルである。

　自分が主役になる経験も、多くの人間に囲まれる経験もなく育ってきたのだ。

「た、タチアナぁ……」

「はいはい。そんな市場に売られる家畜のような顔をしていないで。とっとと初夜の準備を致しますよー」

彼女の例えは実に言い得て妙であった。

きっと馬車で市場へと運ばれる家畜の気分とは、こんな感じに違いない。

浴室に放り込まれて身体中を磨かれ、高価な薔薇の香油を全身に塗りたくられ、肌が透けそうなくらいに薄いナイトドレスを着せられて、ミュリエルは夫婦の寝室として王宮内に新たに充てがわれた一室にぽいっと放り込まれた。

元々暗殺された第一王子が使用していたというその部屋は、これまでミュリエルが使用していた部屋よりもはるかに広く、贅沢な部屋だった。

そのきらきらしさに、どうにも落ち着かない。

「それでは、頑張ってくださいねー！」

「た、タチアナぁ……」

情け容赦なく立ち去っていくタチアナの背を見送った後、ミュリエルはいたたまれない気持ちで部屋の中をうろうろと歩き回った。

ギュスターヴは、いつ頃やってくるのだろうか。――そして。

（今夜ギュスターヴとあんなことやそんなことを、本当にしてしまうのかしら……？）

あのギュスターヴと、である。

一応閨の作法については、女官長より説明を受けている。

裸になって男性のものを女性の中に入れてから云々。

多少痛いだろうが泣き叫んだりせずに我慢しろ等々。

だがギュスターヴがあんないやらしいことをする、想像がつかない。

なんせ彼は美しすぎて、人間の生々しい欲求や欲望とは無縁そうに見えるのだ。

（そもそも彼がこんな私に、ちゃんと性的に興奮をしてくれるかどうかも怪しいわ……）

ミュリエルは己の体を見下ろした。やたらと胸ばかりが大きい、みっともない体。

妖精のような細身の体が好まれる昨今では、嫌がられるに違いない。

男性は心が伴わなくとも、そういった行為が可能だというが。

あんな潔癖なギュスターヴでも、愛のない行為ができるものだろうか。

（でも、どうしても子供は作らなければならないし……）

考えていたら、ミュリエルは混乱し泣きそうになってきた。

もちろん彼がその気になれるよう努力はするつもりだが、もしギュスターヴにそれでも無理だと言われたらどうしたらいいのだろうか。

思わず肺の中の空気を全て吐き出すような勢いで、深いため息を吐いたところで。

ノックもせずに、突然ギュスターヴが部屋に入ってきた。

しかもミュリエルの深いため息を、がっつり聞いてしまったようだ。

結婚式の時のにこやかな彼はどこへやら、眉間には深い皺が刻まれている。

(ひぃぃぃぃぃっ！)

ミュリエルときたら、とにかく間の悪い人間なのである。

「おや。私と共に過ごす今夜が、そんなにも憂鬱ですか？」

ギュスターヴが、不快であることを隠さずに言う。

ミュリエルは慌ててぶんぶんと頭を横に振った。

「違うの！　そうではなくて……」

「ではどういうことなのですか？」

「……ギュスターヴは、嫌だろうなって思って……」

「は？　……あなたではなく、私がですか？」

ギュスターヴは意味がわからない、というように首を傾げた。

「だって、私が無理を言って結婚してもらったんだもの……。ギュスターヴがその気にならなかったらどうしようって……」

「…………」

ギュスターヴが、虚を突かれたような、なんとも言えない表情をしている。

だが少なくとも眉間の皺はなくなったので、ミュリエルはホッと胸を撫で下ろす。

「それでギュスターヴにその気になってもらうためにはどうしたらいいのかと色々と考えていたのだけれど、難しくて。うっかりため息が出てしまったの……」

するとギュスターヴが、肺の中身を全て吐き出すような深く長いため息を吐いて、悩ましげに額に手を当てた。

またしても何かしてしまったかと、ミュリエルは小さく飛び上がる
「……つまりあなたは、私に抱かれる気はある、ということですね」

ギュスターヴの言葉に、今度はミュリエルが虚を突かれ、啞然とした表情を浮かべた。

「もちろんよ。私があなたを選んだんだもの」

一体何を言っているのかと、ミュリエルは小首を傾げる。

するとギュスターヴは、今度は楽しそうに嗜虐的に笑った。

その笑顔に、ミュリエルの背中にぞくぞくと寒気に似た何かが走る。

「ちなみに私をその気にさせるために、何をなさるおつもりだったのですか？」

「…………！」

それはもちろん色仕掛けである。自分にそれができるかについては、甚だ疑問ではあるが。

「ええと、着るものを薄着にするとか、あなたの近くに寄ってみるとか……？」

特に何も考えていなかったミュリエルは、とりあえずそれっぽいことを言ってから、ふ

と我に返った。

自分は現在、肌が透けそうなほどの薄い生地のナイトドレスを身に纏い、ギュスターヴに近づいて彼の顔を覗き込んでいた。

たった今、己が言った、色仕掛けそのものである。

「……なるほど。つまり私は今、あなたに誘われているということですね」

ギュスターヴが相変わらず嗜虐的な笑みで、楽しそうにしている。

そんなつもりはなかった。ミュリエルは顔を真っ赤に染め上げた。

「ご、ごめんなさい。私なんかが烏滸がましいってことはよくわかっているの」

こんなやたらと胸ばかりが大きく目立つ体、きっと嫌だろう。

母親に似て男を誘ういやらしくもみっともない体をしていると、異母兄のファビアンに散々罵られてきたから知っている。

ミュリエルとて、好きでこんなに無駄に胸の大きい体になったわけではないというのに。

下を向いてぷるぷると震えるミュリエルを、ギュスターヴはそっと抱き寄せた。

「ひゃっ……！」

そして彼はミュリエルの顎に指先を添えると、上を向かせる。

美しいギュスターヴの顔が目の前にあって、ミュリエルは思わず魂が抜けたようにぼうっとしてしまう。

そしてそのままぱくりと唇を奪われた。

「むむっ……！」

突然のことに、思わずくぐもった声が漏れる。

唇を塞がれたまま、ギュスターヴの手がミュリエルの着ているナイトドレスに伸ばされる。

胸元のリボンを解かれれば、肩から紐が落ちて、ミュリエルの上半身が顕わになった。

（えええ⁉　こんなに簡単に脱げてしまうものなの……⁉）

そもそもこのナイトドレスが非常に脱がせやすく設計されていることを、ミュリエルは知らなかった。

驚いて唇の間を緩めたところで、ぬるりとギュスターヴの舌が入り込んできた。

生温かく、けれども力のある舌先が、ミュリエルの口腔内を探り始める。

歯列をなぞり上顎を押し上げ、思わず喉奥へ逃げようとしたミュリエルの舌を絡めとる。

「つん、あ。んっ……！」

呼吸がうまくできず、鼻に抜けるような甘ったるい声が漏れる。

何故か腹の下あたりに、とろりとした熱が宿る。

（なんなの……？）

聞いていた話と違う。ギュスターヴは一体どんな顔をしているのだろうと、ミュリエルはぎゅっと瞑っていた目をうっすらと開ける。

涙で滲んだ視界で見た彼は、思ったよりも余裕のない顔をしていた。

彼にこんな顔をさせているのは自分なのだ、という不思議な充足感に満たされる。

「……いいですか？　下を向いてはいけません。私なんか、などと言ってはいけません。あなたはちゃんと価値のある方です。我が君」

つうっと銀の糸を引きながら唇を離したギュスターヴが、そんなことを言った。

ミュリエルの視界が、更に滲んで悪くなった。

彼の言葉が、ただただ嬉しかった。

「だったらギュスターヴ……。私のこと、抱いてくれる？」

ミュリエルが恐る恐る聞いてみれば、ギュスターヴは何故かまたしても両手で顔を覆ってしまった。

指の隙間から見える彼の肌が、赤く色づいている。

「ご、ごめんなさい。変なことを言って」

怒らせてしまったかと慌てるが、ギュスターヴは顔を覆ったまま、わずかに首を横に振った。

どうやら怒っているわけではなさそうだ。

「……もちろん抱くに決まっているでしょう。私の地位を盤石なものにするためにも、早々にあなたには孕んでもらわねばならないのですから」

ようやく立ち直ったらしいギュスターヴが、顔を上げてため息と共にそう言った。

どうやらちゃんと、王配としての義務を果たしてくれるようだ。

これから行われるのが愛のない義務的な行為だと思えばやはり胸は痛むが、自分が選んだ道なのだから仕方がない。

それからギュスターヴは、ミュリエルの体をじっくりと眺めた。

彼の視線を肌に感じ、ミュリエルに今更ながら猛烈な羞恥が襲い、慌てて両手で胸を隠す。

ミュリエルの乳房は大きくて、残念ながら彼女の小さな手と細い腕では全てを隠し切ることはできない。

するとギュスターヴが、僅かながら残念そうな顔をする。

「どうして隠してしまうのです？」

「だ、だってみっともなくて見苦しいんでしょう？　こんなに胸が大きいと」

「……誰がそんなことを言ったのです？」

するとギュスターヴの口調と目線がひやりと冷えた。どうやら怒っているらしい。

おそらくはミュリエルのために、彼は怒っているのだ。

それがわかるから、ミュリエルは怖くはなかった。

「……あの、ファ、ファビアンお兄様が……」

母親に似て男を誘うだらしない体をしていると、何度も嘲笑された。

この大きな胸は、ミュリエルの引け目となっていた。

胸を鷲掴みにされて、大きすぎて気持ちが悪いと罵られたこともある。

「ああ、あの第三王子か……」

クソが、とおおよそギュスターヴの口から発されたとは思えない汚い言葉が漏れ、ミュリエルは驚き目を見開いた。

それからギュスターヴはミュリエルの胸に、すりっと頬をすり寄せて目を細めた。

「いいですか。何度でも言いますが、あなたはとても綺麗です」

まっすぐに言われた言葉に、ミュリエルはまたしても驚く。

「そんなことは……」

「どうでもいい人間のどうでもいい言葉など、気にする必要もありませんよ。あなたは私の言葉だけを聞いていれば良いのです」

――あなたは、私のものなのでしょう？　我が君。

そう言ってギュスターヴは、そのままミュリエルを寝台に押し倒した。

ミュリエルの亜麻色の髪が、ふわりとシーツの上に扇状に広がる。

そしてギュスターヴも、身につけていたガウンの帯紐を解く。

彼の体からガウンが滑り落ち、引き締まった体が顕になる。

文官でありながら、いまだに剣も握っているのだろう。

実用的な筋肉がついていて、実に美しい。

この人は体までもが美しいのだと、ミュリエルはしみじみと見惚れてしまった。

「……きれい」

思わず感嘆の言を口にすると、ギュスターヴは少々複雑そうな顔をした。

確かに男性に綺麗は失礼なのかもしれない。

特にその整いすぎた顔で、散々不快な思いをしてきた彼にとっては。

「あなたの方が、ずっと綺麗ですよ」

わかりましたか？　と念押しまでされて、ミュリエルはとりあえず頷いた。

彼がこんなにも真剣に言ってくれるのだから、きっとそうなのだろう
(――そうよ。私はギュスターヴに全てを委ねると決めたのだもの)

だからギュスターヴの言葉だけ、信じていればいい。

彼はきっと他の人間たちのように、ミュリエルの尊厳を傷つけたりしないだろうから。

「ありがとう、ギュスターヴ」

だからミュリエルは、もう否定の言葉を吐くことをやめ、彼の言葉を受け入れることにした。

するとよくできましたとばかりに、またギュスターヴの唇がおりてくる。

ミュリエルは大人しく目を瞑り、その唇を受け入れる。

何度か啄まれた後、舌で唇を舐めなぞられたので、彼の意を汲んでそっと唇の力を抜く。

するとやはり先ほどと同じように、ミュリエルの中にギュスターヴの舌が入り込んできた。

己の内側に他人を受け入れるという初めての経験に、ミュリエルは浸る。

何故か不思議と息が切れる。そして不思議と気持ちが良い。

このまま何もかも、ギュスターヴに委ねてしまいたいと思う。

(ギュスターヴ……大好き)

口には出せない言葉を、ミュリエルは心の中で溢す。

ギュスターヴが大きな手でミュリエルの乳房を優しく掴み、ゆっくりと揉み上げる。

くすぐったさに身を竦ませるが、繰り返されるうちに次第に心地よく感じるようになった。

そして掻痒感に似た、けれども甘い疼きが胸の頂に生じて、ミュリエルは小さく身を捩る。

するとギュスターヴが指の腹で、赤く色づき固く痼ったその場所を優しく擦った。

「んっ……!」

欲しいものを与えられたような明瞭な快感がミュリエルを襲い、思わず声を漏らしてしまう。

それに気を良くしたのか、ギュスターヴは執拗にミュリエルの胸の頂を嬲り始めた。

そこを擦り上げられ、押し込まれ、摘み上げられると、何故かミュリエルの腰が浮いてしまう。

「や、あ、ああ……」

ギュスターヴに触れられるたびに、触れられてすらいない下腹部の疼きは酷くなるばかりだ。

手の届かないそこに、どうしても刺激が欲しい。

ようやくギュスターヴから胸を解放してもらった時には、ミュリエルは慣れない快楽に息も絶え絶えであった。

だが胸から離れたギュスターヴの手は、今度は容赦なくミュリエルの下肢へと伸ばされる。

太ももから撫で上げるように臀部へ、そして秘された脚の間へと辿っていく。

やがてそこにあるぴたりと閉じた慎ましやかな割れ目に、指先が触れた。

「……っ！」

自分でもまともに触れたことがない場所に、ギュスターヴが触れている。

その事実に、ミュリエルは思わず体をこわばらせた。

ゆっくりと割れ目をなぞるように、ギュスターヴの指が動く。

ミュリエルの内側から滲(にじ)み出た何かが、ぬるりと彼の指を滑らせる。

女官長の教えによるならば、おそらくそれは彼を受け入れたいと、ミュリエルの体が反応しているということで。

「ギュスターヴ……」

怖くなって思わず彼の名前を呼べば、何故か彼は嬉しそうに笑ってくれた。

「怖がらないでください。力を抜いて。大丈夫ですから」

優しく言われて、素直にミュリエルは意識して己の体から力を抜く。

するとギュスターヴの指が、つぷりと割れ目に沈み込んだ。

そしてその指は何かを探すように動き、やがて隠されていた小さな突起を探り出した。

「――――っ‼」

柔らかな皮に包まれたその神経の塊の表面をそっと撫でられ、痛みにすら感じるほどの強い快感に、ミュリエルは思わず逃げようと体を捩る。

だがその指と快楽から逃れられないように、ギュスターヴに体重をかけられて体を寝台に押し付けられてしまった
「や、待って……」

未知の感覚にミュリエルは恐怖を覚え、ギュスターヴに許しを乞う。

「それ、だめなの……何か、こわい……」

だがミュリエルのその哀願は受け入れられることなく、むしろ嗜虐的に笑うギュスターヴによって、さらに執拗にその駄目な場所を弄られることになってしまった。

包まれた皮を押し開かれ、剝き出しになってしまったそこを、蜜を纏った指先でぬるぬると擦られ、押しつぶされ、ミュリエルの下腹に逃せなかった甘く苦しい快感が溜まっていく。

「や、ギュスターヴ……、おかしくなっちゃうの……」

――お願い、助けて。

ミュリエルは快楽で潤む視界で、両手を伸ばしギュスターヴに助けを求める。

すると彼の喉がこくりと嚥下するように動き、それから彼の指先が、限界まで赤く腫れ上がった小さな芽を摘み上げた。

「ああっ……！」

溜め込まれていた快感が一気に決壊して、ミュリエルの体を途方もない快楽が襲う。

あまりの衝撃にミュリエルは背中を逸らし、ビクビクと体を跳ねさせて高い声をあげた。

絞り上げるように、下腹が己の内側に向かって脈動と共に収縮を繰り返す。

女官長は男女の性交について、痛みはあるが耐えるべし、としか教えてくれなかった。

こんなことになるなんて、聞いていない。

ミュリエルは快感の奔流に飲まれながら思った。

「達されたようですね」

ギュスターヴに強く抱きしめられながら、耳元でほんの少し嬉しそうに言われ、達するとはなんだろうと、ミュリエルがぼうっとした頭で思ったところで。

今度はミュリエルの内側に、ギュスターヴの指が入り込んできた。

教えられた通り、本当に己の中に男性を受け入れる器官があるのだということに、ミュリエルは不思議な感慨を覚える。

「よく濡れておられますね。すんなりと入りましたよ。気持ちが良いですか？」

ただ聞かれているだけなのに、不思議と苛められているような気になるのは何故だろう。

恥ずかしくて言葉で返すことができず、ミュリエルはただ頷くしかない。

「ふふ、それは良かった」

そしてギュスターヴは、何故そんなに楽しそうなのだろう。

彼の指が、探るようにミュリエルの中で蠢く。

内側の壁を押し上げられ、擦られる度に何故か妙に息が詰まり、腰が勝手にがくがくと震えてしまう。

「温かくて、吸い込まれそうです。……痛くはないですか？」

またしても優しく聞かれ、ミュリエルはただ頷いた。

異物感はあるものの、痛みは感じない。ただ無意識のうちに腰が動いてしまうだけで。

「よく慣らしましょうね。できるだけ痛みは感じて頂きたくないので」

ミュリエルの中で押し広げるように指を動かしながら、親指でいまだ赤く充血している陰核を押し潰す。

「んっ……！」

絶頂の余韻が残る体に、新たに快感を与えられ、先ほどよりも早く熱が溜まり始める。

やがてミュリエルの中の指は二本となり、執拗に慣らされることで、それらが滑らかに動くようになった頃。

「そろそろ大丈夫そうですね」

僅かに焦燥を感じさせる声でギュスターヴが言い、ミュリエルから指が引き抜かれた。

「んんっ！」

引き抜かれた瞬間に、物欲しげにミュリエルの中がひくひくと蠢く。

――ここにある空洞を、もっと満たして欲しいとばかりに。

ギュスターヴは腕でミュリエルの太ももを持ち上げ大きく脚を広げさせると、かろうじて己の腰に引っかかっていたガウンを、完全に脱ぎ去った。

つまりは、ギュスターヴが全裸になった。

（…………！）

寝台の上、互いに一糸纏わぬ姿で向き合っている。その事実にミュリエルの心臓は破裂しそうなほどに鼓動を打ちつけていた。

名を呼ばれ、ギュスターヴの顔を見つめる。下から見上げる彼の顔が、これまた素晴らしい。

「ミュルエル様……」

ほんのりと赤らんだ彼の目元に、何かいけないものを見てしまったような背徳感がある。つまりは色香がダダ漏れている。

更にはミュリエルを寝台に押さえつける、しなやかな筋肉のついた腕が、これまた格好良い。

ギュスターヴの美しさに、ミュリエルは思わず過呼吸を起こしそうになる。

やはり自分は父に似て、極度の面食いなのかもしれない。

そしてそのままそうっと惰性で視線を下へやると、薄暗いランプの灯りの中でギュスターヴの男性器がしっかりと見えてしまった。

ミュリエルが想定していたよりも、遥かに大きい。

何やら血管が浮き上がり、雄々しく天井を向いている。

この興奮して硬く大きくなった男性器を女性器の中に挿し込み、胎の中に子種を吐き出してもらう、というのが子作りの流れであると、先日教えられたばかりだ。

（つまりはあれを、私の中に……？）

普通に考えて、無理なのでは？　とミュリエルは思った。そう、物理的に。

自他ともに認める臆病者のミュリエルは、どこか追い詰められた気持ちでギュスターヴのかけている片眼鏡に手を伸ばす。

時間稼ぎのために。もう少しだけ、覚悟を決めるための時間が欲しい。

「……これは外さないの？」

銀縁のそれに触れれば、ギュスターヴは小さく笑った。

「ええ、あなたの体の隅々まで、しっかりと見たいので」

彼の右目は随分と視力が悪いらしく、片眼鏡を外すと視界がぼやけてしまうらしい。

「そ、そこまでして見るほどのものでは……！」

ミュリエルが顔を真っ赤にして言えば、ギュスターヴはミュリエルの手を押さえつけ、じっくりとその体の隅々まで見つめた。

「先ほども申し上げたでしょう？　あなたはとても美しい」

視界が潤んだ。取り返しがつかないほどに傷ついていたミュリエルの女性としての自尊心が、確かに慰撫（いぶ）されていく。

「ご覧の通り、私はとても興奮していますよ」

ミュリエルがバッチリ彼の股間を拝見してしまったことに、気づいていたのだろう。

羞恥で人が死ねるなら、間違いなく自分は死んでいるだろうとミュリエルは思った。

だがその一方で、ギュスターヴがちゃんとミュリエルに、性的な興奮を覚えてくれたことがとても嬉しくて。

(そうよ。いざとなったら、そこから赤ちゃんだって出せるんだもの)

ミュリエルは極論に至って、覚悟を決めた。

怖いことは怖いが、ギュスターヴを受け入れたいという気持ちの方が大きい。

こちらにきちんと確認をとってくるところも、ギュスターヴらしくて良い。

「よろしいですか?」

ミュリエルはギュスターヴの頬を撫でて、必死に微笑みを作り頷いた。

ギュスターヴの唇がおりてきて、ミュリエルの唇を塞ぐ。

熱く硬いものが、ミュリエルの蜜口に充てがわれる。思わず恐怖で息を詰め、体を強張(こわば)らせた。

するとそれを察したらしいギュスターヴが、重ね合わせた唇から舌を差し込んできて、ミュリエルの舌を絡めとり、吸い上げて己の口腔内へと導いた。

それに驚き気を取られ、ミュリエルが体から力を抜いてしまった、その瞬間。

ギュスターヴが一気にミュリエルを貫いた。

「っ……！」

体の奥に叩き込まれた衝撃で、息が漏れる。

限界まで拡げられた蜜口から、じくじくと鈍痛が続く。──正直に言って、痛い。

これが女官長の言っていた、女性が我慢すべき痛みなのだろう。

だが第三王子から殴られたり蹴られたりした際の痛みに比べれば、まだ我慢できる範囲だった。

（思ったよりも、大丈夫そう……）

ミュリエルは痛みを逃そうと、意識して体から力を抜き、長く細く息を吐く。

それは痛めつけられることに慣れている、人間ならではの対処だった。

ギュスターヴが汗に塗れたミュリエルの前髪を撫で、心配そうな目でこちらを見つめる。

「大丈夫ですか？」

「……少し痛いけれど、大丈夫よ」

潤む視界を細めてミュリエルが言えば、ギュスターヴは困ったような顔をした。

「……あなたはすぐに我慢をするから、その言葉はあまり信用できません」

「そう？　でも本当に大丈夫なのよ」

実際にギュスターヴの手はまるで乱暴さを感じず、気遣いを持ってミュリエルに触れていた。

こんなふうに、本当に愛し合って結婚した夫婦のように抱いてもらえるとは、思わなかった。

寝台で丸くなって、ただ堪えるしかない痛みに比べれば、今ある痛みのなんと幸せなことか。

「……ギュスターヴは優しいわね」

「……私にそんなことを言う人間は、あなただけですよ」

少し顔を赤らめて、困ったような顔をするギュスターヴが、なにやら可愛い。

「ねえ、ギュスターヴ。抱きついても良いかしら」

これまで自分から彼に触れることは、どこか気が咎めてできなかったのだ。

だがどうしても、この状況で縋る何かが欲しかった。できるなら、彼を抱きしめたかった。

するとギュスターヴは、呆れたように少しだけ笑った。

「好きなだけなさってください。……私はあなたのものですから」

ミュリエルは手を伸ばし、恐る恐る彼の背中に回した。

するとそれまであった未知への恐怖や、結合部の痛みが霧散していくように感じた。

まるで彼と一つになってしまったかのような、充足感に満たされてうっとりする。

ミュリエルの抱擁を受けて、ギュスターヴの喉がくう、と小さな音を立てた。

「ギュスターヴは大丈夫？」

彼もまた何かに耐えているのかと、心配になったミュリエルは聞いた。

「あまり大丈夫ではありませんね……」

どうやら大丈夫ではないらしい。ミュリエルはさらに心配になってしまった。

「私にできることはある……？」

ミュリエルが聞けば、ギュスターヴは困ったような顔をした。

「本当はあなたを、今すぐ激しく突き上げたくてたまらないのですよ」

だがギュスターヴは初めてのミュリエルのために、我慢をしてくれているらしい。

彼がそんなことを考えているとは思わなかったと、ミュリエルは驚く。

「私は今、あなたを滅茶苦茶にしてやりたい欲望と戦っているのです」

それを聞いたミュリエルの顔に、熱が集まっていくのがわかった。

かなり怖いことを言われているはずなのに、彼の望むまま滅茶苦茶にされたいと思っている自分がいる。

それはギュスターヴに対し感じている罪悪感を、和らげたいからか。

ミュリエルは彼を抱く腕に力を込め、僅かながら身を起こすと、ギュスターヴの耳に唇を近づけてささやいた。

「……ギュスターヴ。お願い。私を滅茶苦茶にして」

すると次の瞬間、小さく唸り声をあげ、抜けるぎりぎりまで腰を引いたギュスターヴが、激しくミュリエルの胎を突き上げた。

「あぁっ……！」

肌同士がぶつかる乾いた音と、ミュリエルの蜜が攪拌される濡れた音が聞こえる。

ギュスターヴはミュリエルの豊かな胸を鷲摑みにしながら、激しくミュリエルを揺さぶった。

確かに痛みは依然としてあるのに、それ以上の何かが、ミュリエルを苛む。

「や、あ、ああ……！」

だらしなく漏れる嬌声が恥ずかしい。けれども漏れ出る声を止めることができない。

角度を変えつつ体を穿たれ、苦しいほどの快感に、ミュリエルは先ほどの言葉を若干後悔した。

けれども眉間に皺を寄せ、余裕のない表情でミュリエルを貪るギュスターヴを見ていると、たまらない気持ちになる。

こんなにも美しく優秀な男が、自分の体に我を忘れて夢中になっているのだ。

そのことがミュリエルの心を確かに慰撫し、そして更なる快感をもたらしているのだろう。

どれほどの時間、揺さぶられ続けたのか。

「――っ！」

ミュリエルの腰を摑み、一際強く奥深くまで突き込んでから、ギュスターヴは息を詰めた。

悩ましげに寄せられた眉に愛おしさを感じ、なぜか視界が滲んだ。

彼の秀麗な顔から、ミュリエルの上にポタポタと汗が落ちてくる。

それからギュスターヴは全てを出し切るように、ミュリエルの中で己を数度扱くと、力尽きたように彼女を抱き締め寝台に沈み込んだ。

お互いに全身汗だくだというのに、こうして抱き締め合っても不思議と不快さを感じない。

それどころか、このままずっとくっついて溶け合ってしまいたいとすら思う。

（――いつか、彼に愛してもらえたらいいな）

どんな経過であれ、せっかく夫婦になったのだから。

どうしたって、生涯を共にしなければならないのだから。

だったら少しでも、仲睦（なかむつ）まじくありたいと願ってしまう。

ミュリエルは少しだけ己を憐（あわ）れみ一筋涙を零（こぼ）すと、夢の中に旅立った。

王たる父が亡くなったのは、ミュリエルの婚礼からたった十日後のことだった。

長く痛みと闘い続けながら、最後は穏やかに眠るように亡くなった。

その死はまるでミュリエル王女の結婚を待っていたかのようだと、美談としてまことしやかに囁かれることとなった。

死の床にあってなお国王は、たった一人残された娘ミュリエルのために、できるだけのことをしてくれた。

そのことは周囲にも伝わっていたようで、亡き国王は実はミュリエル王女のことを数いた子供たちの中でも特別大切にしていたらしい、という説まで広まっていた。

これまでミュリエルが父から受けてきた扱いを思えば、眉唾な話であることは間違いないが、国王に可愛がられていた王女という名目は、利用できそうなのでそのまま否定せずにいる。

「確かに少なくとも、嫌われてはいなかったと思うの……」

棺の中にいる冷たくなった父の痩せた頬を撫でながら、ミュリエルは呟く。

「……そうですね」

するとどこか含みを持たせたような答えが、ギュスターヴから返ってくる。

きっとまたその優秀な頭で、ミュリエルにはよくわからないことを考えているのだろう。

「これからどうしよう……」

ミュリエルの口から、途方に暮れた子供のような、頑是ない言葉が漏れた。

父が亡くなった今、ミュリエルはこの国の最高権力者であり責任者になってしまった。

恐れていた時が想定以上に早く訪れてしまって、どうしたらいいのかわからない。

「どうもこうもありませんね。覚悟を決めましょう。今日からあなたが、この国の王です」

冷たいギュスターヴの言葉に、ミュリエルは嗚咽を堪えようと唇を噛み締める。

そんなことはわかっている。わかっているけれども。

堪えきれなくなったその時。温かな腕が、ミュリエルの肩を包んだ。

「――大丈夫ですよ。我が君。私が生涯、あなたにお仕えいたしますので」

なんとでもなります、などと宣うギュスターヴは、今日も相変わらず自信過剰だ。

自信が皆無な自分と足して二で割れば、ちょうど良いかもしれない。

そんなことを考えて、ミュリエルは思わず小さく吹き出してしまった。

(そうね。私にはギュスターヴがいるんだもの)

父が最後にミュリエルに残してくれた、ミュリエルの大切な命綱。

困ったことがあれば、きっと彼がなんとかしてくれる。

「……お父様。私、できるだけ頑張って王様をやってみます」

ミュリエルは少しだけ前向きな気持ちになって、国王陛下の亡骸(なきがら)に、生前彼が望んでいたように呼びかけた。

その後、多くの嘆きの中、国を挙げて国王の葬儀が行われ、ミュリエルは次期女王としてギュスターヴに力を借りつつその陣頭指揮にあたった。

そして国葬後、隙を見せぬようすぐに王都の大聖堂にて戴冠式が行われ、ミュリエルは弱冠十九歳にしてエルヴァシス王国の第九代女王として即位し、ギュスターヴはその王配殿下となった。

大神官の手によって頭に載せられた王冠は、首がもげそうなくらいに重い。

それはまるで、この国そのものの重さのように感じた。

(本当に女王陛下になってしまったわ……)

ミュリエルはその重さに恐れ慄(おのの)く。やはり場違い感が凄い。

自分は本来こんな場所にいるべき人間ではないのに、という思いが、どうしても消えない。

王冠を被ったまま、その姿を国民に披露すべく出た王宮のバルコニーで、嵐のような歓声を聞いたミュリエルは、恐怖のあまり脚が震え、過呼吸を起こしそうになった。

(すみませんすみません！　こんな頼りなさそうな国王ですみません……！)

国民をがっかりさせてしまったに違いないと、ミュリエルは申し訳ない気持ちでいっぱいになってしまう。

だが震える彼女の手を、夫のギュスターヴがぎゅっと強く握った。

一人ではないのだと、そうミュリエルに伝えるように。

そんなギュスターヴの手も、さすがに緊張しているのだろう、かすかに震えていた。

強張っていたミュリエルの顔が緩み、思わず笑顔が浮かんだ。

――そうだった。自分は一人ではないのだった。

（大丈夫よ、ミュリエル。顔を上げなさい）

倒れそうになれば、きっとギュスターヴが上手（うま）く支えて誤魔化してくれる。

ミュリエルはすぐ側にある彼の体温に寄り添い、顔を上げて満面の笑顔を浮かべて手を振ってみせた。

タチアナがこれでもかと盛りに盛ってくれたので、今の自分はそれなりに美女のはずだ。

目論見（もくろみ）通り若く美しい女王陛下の誕生と、そんな彼女に寄り添う、これまた若く美しすぎる王配殿下の姿に国民たちは熱狂した。

人は視覚から多くの情報を得る。つまり顔が良いのもすなわち力（パワー）なのである。

そうして始まったミュリエルの女王としての日々は、思いの外目まぐるしかった。

とにかく毎日が忙しい。なんと分単位で予定が決められている。

要領があまり良くないミュリエルは、ただただ目の前にある仕事をこなすことで精一杯だ。

権力も金もなかったが時間だけはやたらとあった王女時代を過ごしてきた身としては、突然の激務に泡を吹いた。

ちなみに今日も早朝から緊急会議である。

しかもギュスターヴの父であるラスペード侯爵が、唾液を飛ばしながら何やら怒り狂っている。

「陛下は我々を信用なさっておられないのですか……！」

ミュリエルは怯える表情を見られないよう、扇で顔を半分ほど隠しつつ小首を傾げる。

ちなみに彼女の手元には、『国家による監察制度について。一問一答』と几帳面な字で書かれたミュリエル専用の資料がある。

ギュスターヴが手ずから作ったその資料は、こう質問されたらこう返そう！　という質問集になっている。

彼は何某かの会議があるたびに、ミュリエルのために議題についての分かりやすい詳細な資料を作ってくれるのだ。

ミュリエルが何とか女王としての威信を保てているのは、ギュスターヴのこうした細やかな配慮のおかげである。

ミュリエルは余裕があるように見えるよう、気怠げにその資料を眺める。

なんせ国王として、臣下に舐められるわけにはいかないのだ。

それから震えそうになる喉を叱咤して、紅色に塗られた唇を開く。

「あら？　あなたが法に背くことをしていなければ、何も恐れるものはないはずだけれど？」

おかしいわね、とミュリエルは不思議そうに問いかける。

するとラスペード侯爵は、苦々しい顔をした。

ちなみに彼が国法の規定を超える税率を領民たちに強いていることは、すでに調査済みである。

つまりこの国家監察制度が施行されれば、真っ先に監察を受け弾劾されることになるだろう。

「恐れながら私は、義理の父としてこれまで陛下に尽くして参りました……！」

「ええ。皆にこの制度を強いるのですもの。だからこそまずは率先して私の親族から始めるべきだと思ったのよ」

何か間違っているかしら？　と、ミュリエルは無邪気に聞いた。

こんなはずではなかったと、ラスペード侯爵は苦々しい表情を浮かべる。

施政者としてまともな教育を受けていない小娘だ。どうとでもできると思いきや、全く思い通りにならない。

あっという間に国軍を掌握したかと思えば、今度は地方領主たちの権力を削ごうとしている。

息子も息子で、王配にしてやったというのに、全く言うことをきかない。

ラスペード侯爵は、ひどく苛立っていた。

そんな彼を扇の向こう側から、ミュリエルはそっと見やる。

（……すごい。本当にギュスターヴが想定した通りだわ）

あまりにも彼らがギュスターヴの作った資料通りに反応するので、思わず感動してしまった。

さすがは我が夫である。だからミュリエルも彼が作った資料の通りに言葉を紡ぐだけだ。

「大体新たに作られる国家監察官というのは、本当に信用に値する人間なのですか⁉」

不当な監査を行われてはたまらないと、貴族たちが口々に文句を言い出す。

一斉に強い口調で糾弾され、ドレスの下でミュリエルの足が震える。

だがミュリエルは必死に顔を上げ、可愛らしく微笑んだ。

「……悪いけれど私は元々ギュスターヴ以外、誰も信用していないのよ。そもそもあなたたちに、何か信用できる要素があったかしら？」

それから貴族や高官たちに対し、突き放すような言い方をしてやる。

なんせ彼らはミュリエルの窮状を知りながら、見て見ぬふりをしてきた者たちだ。

信用してらえると思う方が烏滸がましいのだと、ミュリエルは嗤う。

「ちなみにもちろん私は、国家監察官たちのことも信用していないわ。ギュスターヴ、彼らにも分かるように、詳しく説明してあげてちょうだい」

そして難しい説明は、知っているふりをしてギュスターヴに放り投げるのが、いつもの様式(パターン)である。

「我が君に代わり、ご説明させていただきます。国家監察室は王直属の組織であり監察官たちは王命により貴族や役人を監査、告発する大きな権限を与えられます。一方で取り込まれたり癒着したりしないよう、任期は一年限りとし、次に彼らがどこの領地の監査を担当するかは毎年陛下により無作為(ランダム)に決められます。また国家監察官は不正を行えないよう、赴任地に複数人派遣し互いを監視させます」

貴族たちのやりたい放題となっている地方政治を、何とかしなければならないとギュスターヴは考えていた。そうしなければ、この国に未来はないと。

今回の監察制度は、その意見にミュリエルも同調したことで、二人で考えた制度だ。

これまで散々甘い汁を吸ってきた貴族たちには悪いが、多少痛い目にあってもらわねばならない。

これ以上国王たるミュリエルを無視して、己の好きなように国民たちを搾取されては困るのだ。

会議に出席した貴族や政府高官たちの顔色が何やら優れないようだが、大丈夫だろうか。

そんな彼らに、ミュリエルはにっこりと微笑んだ。

もちろんこれも、ギュスターヴの書いた脚本通りだ。

「あら、そんな怖がらないでちょうだい。我が国の法をきちんと守ってくれさえすれば良いのよ。元々そうあるべきことなのだし、それほど難しいことではないでしょう？　……まあ、この国家監察制度が始まる前までに、皆、身綺麗にしておくことをお勧めするけれど。私が王になる前の過去の過ちについては、多少は甘く見てあげてもよくてよ」

一気に締め付け過ぎれば、反発は大きくなる。

だから気付かれないよう、じわじわと締め付けてやれば良いのだとギュスターヴは言った。

ミュリエルの言葉に反論できないのだろう。会議の参加者たちは押し黙った。

流石に貴族なだけあって、皆余裕な雰囲気を漂わせている。

だがこの会議が終われば、皆すぐに保身に走ることだろう。

「つ、疲れた……」

議事堂を出て、己の執務室に着いた瞬間、ミュリエルは長椅子に転がってうめいた。

最上級の絹と宝石でできた美しいドレスに多少皺ができるが許してほしい。だって疲れたのだ。

（うう……みんなどう思ったかしら……？）

小心者で臆病者で対人能力（コミュニケーション）が欠如しているミュリエルにとって、高慢な女王陛下のふりは非常に困難である。

誰が相手であっても、たとえ嫌いな人間であっても、厳しい言葉を口にすると、酷く心が削られる。

だが上流貴族や政府高官に御し易（やす）い王だと思われたら、終わりだ。

よって国王に即位してからというもの、ミュリエルは必死に偉そうにしているのだ。

そう、ギュスターヴの脚本通り（プロデュース）に。できるだけ強く見せなければ。

「今日も大変素晴らしい女王陛下ぶりでしたよ。我が君」

ともに執務室に入ってきたギュスターヴがにっこりと笑う。

その美しい微笑みに、最近はときめきよりも寒気がやってくるのは何故だろう。

「まあ、少々手元を見過ぎでしたが」

「………」

それは言うべき台詞（せりふ）が一部、頭からすっとんだからである。つい手元の書き付け（カンペ）を見てしまった。

「さて、次は今期の予算案が各部署から届いておりますので、そちらのお目通しをお願いいたしますね」

「…………」

にこやかに執務机の上にどさりと置かれた大量の書類の束に、ミュリエルは遠い目をした。

（こんなはずではなかった……）

そう、何よりミュリエルが女王として即位して一番想定外だったことは、ギュスターヴに女王としての実務を情け容赦なく叩き込まれたことである。

ミュリエルはハリボテ女王として、政務の全てをギュスターヴに任せ、自身は呑気に生きていくつもりであった。

なんせ王位継承者としてのまともな教育も受けていない上に、常に否定され虐げられてきた日々で、彼女の自己肯定感は地を這っているどころか、地にめり込んでいるのである。

そんな臆病でド素人なミュリエルなどが女王としての実務に就けば、周囲の迷惑にしかならないと考えていたのだ。自分は責任だけを取れば良いのだと。

だが残念ながらギュスターヴは、そんな甘いことを許してくれる優しい王配殿下ではなかった。

『まさか私だけを働かせて、自分はのんびりのうのうと隠居生活をしよう、などとお考えではありませんよね』

『ひいっ』

愛する夫にまるで虫ケラを見るような絶対零度の目で見られては、『すみません思い切り考えていました』などと、言えるわけがなかった。

『も、もちろん私にできることがあるなら、何だってやるわ』

(私なんかにできることがあれば、の話だけれど……)

ミュリエルが取り繕うようにそう言えば、ギュスターヴはこれまた寒気がするような美しい微笑みを浮かべて、本当に情け容赦なくミュリエルに大量の仕事を与えた。

そして割り振られた書類を必死に読みながらも、何もかもがわからないと泣きそうになっているミュリエルに、彼はつきっきりで実務を叩き込んだ。

さらにギュスターヴは、あらゆる重要な決裁を、必ず女王であるミュリエル本人に行わせた。

それが許されている立場でありながら、彼は絶対に独断で物事を決めなかった。

己が抱えている国の根底に関わるような仕事について、必ずミュリエルにも関わらせた。

『陛下はどのようにお考えですか?』

方向性は示しながらも、必ずミュリエル自身に最終的な結論を出すように求めた。

おそらくはミュリエルに、女王としてこの国に対する責任感を持たせるためだったのだろう。

ギュスターヴはミュリエルに、逃げることを許さなかった。

『分からないことや疑問に思うことは、恥ずかしがらずに何でも聞いてください』

そして国王として、なにも分からないのにただ言われるまま署名をすることだけは絶対にしてくれるなと、ギュスターヴは繰り返しミュリエルに説いた。

正直己の手にある仕事の何もかもがわからなかったが、ギュスターヴはミュリエルがどれほど初歩的なことを聞いたとしても、一切馬鹿にすることなく、事細かに分かり易く説明してくれた。

それどころか、恥を忍んで聞いたことを褒めてさえくれた。

『聞いてくださって、ありがとうございます』

誰よりも忙しくしているはずなのに、臆病なミュリエルが萎縮しないように、彼女の疑問や意見を否定するようなことは一切しないし、苛立ちを見せることもない。

ギュスターヴは本当に誠実な人だと、ミュリエルは思う。

即位当初、誰もがミュリエルに期待しないなかで、彼だけは徹底的に向かい合ってくれた。

だからこそわからないなりに必死になって、ミュリエルは仕事に食い付いた。

どうしてもギュスターヴを失望させたくなかった。彼の期待に応えたかった。

ギュスターヴに何度も話を聞き、彼が用意してくれた参考資料を何度も読み返し、ミュリエルは少しずつ社会の、そして政治の仕組みを覚えていった。

知識をつけてみれば、この世界はミュリエルが思った以上に複雑にできていることを知った。

ギュスターヴがその気になれば、ミュリエルに余計な知恵をつけさせずに、この国の全てを自分の思い通りにすることができただろう。

おそらく生家であるラスペード侯爵家はその方向で考えていたであろうし、周囲も彼がそうすると考えていたはずだ。

ギュスターヴにとっても、ミュリエルを甘やかし、何もできない愚かな女王にすることのほうが圧倒的に楽だったはずだ。

だがギュスターヴは、何故かその道を選ばなかった。

彼はミュリエルを、傀儡ではなく正しく王にしようとしていた。

『私は王配であって、王そのものではありませんから』

ギュスターヴはいつもそう言って、表面上は控えめな態度を崩さなかった。

そのせいでこの国のために新たに彼が残した実績は、もれなく全てミュリエルのものとなっていた。

傀儡になるどころか、ギュスターヴを搾取して、ミュリエルの王としての名声が高まっていく。

気がつけば優秀な女王と、彼女をよく補佐する王配。そんな構図が出来上がっていた。

（こんなはずでは、なかった……）

己の人生がこんなことになるとは、思っていなかった。

ミュリエルのしていることは、ギュスターヴの台本通りに女王の演技をし、ギュスターヴが回してくる書類に目を通し、分からないことは聞き、良いと思うものには許可を、駄目だと思うものは差し戻しの指示をするだけの、膨大だが簡単な仕事だ。

あとは時折国民の前に顔を出し、ギュスターヴとの仲睦まじい様子を見せることくらいだろうか。

国の統治に関わる書類の作成やら様々な提案やら調査やら統計やら管理やら、目立たないが難しく面倒な仕事は、そのほとんどをギュスターヴが請け負った。

「……こんなことで良いのかしら？」

ため息と共にミュリエルが言えば、タチアナは今日も面倒そうな顔を隠さない。

「いいんじゃないんですか？　王様の仕事って大体そんなものだと思いますよ」

呆れたようにタチアナに言われてしまえば、ミュリエルはなにも言えない。

ギュスターヴも似たようなことを言っていた。全てを王が把握する必要はないのだと。

面倒なことは、臣下に任せればいい。ただ重要な決断だけは、決して他人に委ねてくれるなと。

「ミュリエル様は十分頑張っておられますよ。正直なところ、私はもっと駄目な王様になると思っていましたから」

「うっ……！　あなたは本当に思ったことを隠さないわね……！」

「あら、褒めているんですよ。これでも。思ったよりもマシだったたって」

だがミュリエル自身、自分はどうしようもない暗愚な王になるとばかり思っていた。

むしろこの状況を作り出した、ギュスターヴの気持ちがわからない。

「ミュリエル様ったら、よくあの鬼畜な王配殿下に食らいついておられますよ。私だったらとっとと逃げ出していますね」

そりゃあミュリエルだって逃げ出したくなる時はある。

ギュスターヴから与えられる仕事量と、その責任の重さに。

だがそういう時に限って、ギュスターヴは優しい笑顔を向けてくるのだ。

その顔を見ると、もう少し頑張ろうと思えてしまうのだからどうしようもない。

あの男はわかっていてやっている。絶対に。

そう、良き顔面は力(パワー)であると。

「ミュリエル様の面食いは筋金入りなのですね……」

「う……。それを言わないで……」

もう己の面食いは、父からの遺伝だと諦めている。

そんなミュリエルはいつだって、ギュスターヴから与えられる飴(あめ)と鞭(むち)に翻弄されているのだ。

「まあ、確かにあの尊顔で『我が君』なんて言われて傅かれたら、なんでもできてしまいそうですよね」

「でしょう？　仕方がないと思うの。あの顔で死ねと言われたら死ねると思うわ、私」

「……それは正直ちょっと気持ちが悪いですけど。でもそれなら一体何を悩むことがあるんです？　万事うまく進んでいるではないですか」

タチアナの言う通りだ。思った以上に真っ当に、国は運営されている。

ミュリエルはきちんと王として機能しており、今頃国民たちは思ったよりはマシだったと胸を撫で下ろしているに違いない。

――すべてはギュスターヴのお膳立て通りに。

つまりはギュスターヴを選んだミュリエルには、人を見る目だけはあったということだ。選んだ理由は、顔だけではないのである。

「でもやっぱりギュスターヴにばかり負担をかけているようで、心苦しいのよ」

王位継承権争いで乱れた内政を立て直し、世間知らずな女王ミュリエルを教え導き、生家であるラスペード家を始めとする女王を利用しようとする者の盾となり。

その膨大な仕事量と背負わされた責任に対し、彼の手に入るものは、あまりにも少ない。

端的に言えば、あまりにも割に合わないのだ。

そのことが、ミュリエルは申し訳なくてたまらない。

「まあ、王配殿下は好きでやっておられるようなので、気にしなくても良いと思いますけどねえ。毎日生き生きしておられますし」

「うん。まあ、それはそう……」

まるで天職であるとばかりに、ギュスターヴは生き生きと働いていた。

それでなくとも美しい顔が、さらに光を増してキラキラとしている気がする。

若干見える疲労の色すら、彼をさらに輝かせる要素でしかない。

おそらくは根っからの、仕事中毒者なのだろう。

「でも彼のだした成果が、全て私の手柄みたいになってしまっていることも申し訳なくて……」

人は報われなければ、頑張れないものだ。

いずれギュスターヴが、やっていられないと出て行ってしまいそうで怖いのだ。

「いやあ、そもそもそう仕向けているのが王配殿下自身ではないですか」

「うん。まあ、それもそう……」

自分は表に出る必要はないのだと、ただひたすらにギュスターヴはミュリエルの影でいようとする。

だが見た目が良すぎてちっとも隠れていない。そんなところもまた可愛いのだが。

「つまりギュスターヴ殿下は、女王陛下のことが大好きなのでしょうね」

「だからどうしてそんな結論になるの……？」

確かに嫌われてはいないと思う。嫌いな人間のために、人はここまで献身的に動くことなどできないはずだ。

けれども女として愛されているかと問われれば、ミュリエルにはまるで自信がない。あくまでも自分たちは、この国のために結婚をしたに過ぎないのだ。

「私から見れば、どこからどう見ても愛し合う夫婦ですけれども」

昨夜もお楽しみのようでしたし、と言われてミュリエルは恥ずかしさのあまり顔を真っ赤にしてテーブルに突っ伏した。

身体中に散らばされた鬱血や寝台のリネン類など、ミュリエルの身の回りの世話をしているタチアナには隠せないので、仕方がないのだが。

羞恥で死ねるのなら、間違いなく自分は今死んでいるだろうとミュリエルは思った。

そう、ミュリエルは初夜以降、ほぼ毎日ギュスターヴに抱かれている。

（でもそれだってきっと、愛じゃなくて義務なのよ……！）

ギュスターヴは自分の地位を確たるものにするため、できるだけ早くミュリエルとの間に子供が欲しいのだと言っていた。

次代の王位継承者を得られれば、ミュリエルの治世に一つ悩みがなくなるのだ。

だからこそギュスターヴは、仕事で疲れ果てているというのに毎晩律儀に夫婦の寝室にやってきては、ミュリエルを抱いてくれるのだ。

義務だからだとわかっていながら、彼が夜に来てくれるたびに喜んでしまう自分が愚かで、少し切ない。

（まあ、義務の割には随分と丁寧に抱いてもらっているけれど……！）

それはもう、愛されていると勘違いしてしまいそうになるほどに、ギュスターヴはねちっこくミュリエルを抱く。

おかげで毎晩何が何だかわからなくなるくらいに乱されて、気絶するように眠りにつくのがミュリエルの日課である。

（本当に、こんなはずではなかったのよ……！）

夜の妻の務めは、苦痛が伴うものだと散々脅されていたのに。蓋を開けてみればこれである。

聞いていた話と違うと、女官長に文句を言いたい。毎晩気持ちが良すぎて困るのだ。

だがそんなに情熱的に抱かれても、朝起きるとすでにギュスターヴは仕事に出ている。

彼が忙しいことは、ミュリエルとてちゃんとわかっている。

だが彼がいたはずの冷たくなった寝台に触れるたびに少し……いや、かなり寂しい。

そしてギュスターヴは一体いつ寝ているのだろうと、ミュリエルは恐れ慄いている。

このままでは、我がエルヴァシス王国の王配殿下の死因は過労で確定である。

（それは困る……。とても困る……！）

彼を休ませるためには、やはり一刻も早く自分が使える女王にならねばならない。

つまりは、やはりミュリエルが頑張るしかないのである。

「まあ、確かに夫婦仲はそれなりに良いと思うわ……」

「でしょう？　他に一体何を悩むことがあると言うんです？」

夜の夫婦生活を円満とするのなら、確かに夫婦は上手くいっているのだろう。

だが、あまりにも夫との間に私的な会話がない。

もちろん女王とその王配としての、業務上の会話はいくらでもある。

だがかつての書庫での時間のような、たわいのない会話はほとんどないのだ。

この国の王であるためミュリエルの周りには常に人の目があり、そして互いに常に仕事に追われている。

よってギュスターヴと私的な会話をする余裕が、まるでないのだ。

二人きりになれる夜も、寝台に入るとすぐにそういった雰囲気になり、体を繋げ終わったら互いに気絶するように眠ってしまうという有様。

そんな感じでとにかく目の前のことに必死な日々を過ごしていたら、随分と時間が経っていた。

（……あれ？）

そしてようやく国情が落ち着き始めたところで、ミュリエルはふと気が付いてしまった。

自分たちの間にある誤解が、何一つ解けていないことに。

だからこんなにも、不安が消えないのだということに。

「つまりは、なにがおっしゃりたいので？」

話を聞いていたタチアナが、いよいよ面倒臭そうな表情を浮かべている。

一応ミュリエルはこの国の女王陛下なので、もう少し優しくしてほしいと思うのはわがままだろうか。

「──だからつまりね」

ミュリエルは心に温めてきた野望を、拳を振り上げて口にした。

「私は夫婦で一緒に休暇がとりたいのよ……！」

第三章　王配殿下は画策する

「や、あ、ああっ……！」

胎の奥をゆっくりこねるように突いてやれば、ミュリエルが高い声を上げて達する。

ひくひくと脈動を繰り返しながら、搾り取るようにうごめく彼女のその温かな内側に、今すぐにでも溜め込んだものを吐き出したくなる衝動を、ギュスターヴは必死に堪えた。

（まだだ……。まだ足りない……）

明日も多くの仕事が待っていることを考えると、あまり無理をさせることはできない。

だからギュスターヴは、ミュリエルを抱くのは毎晩一回だけと決めている。本当は欲望のまま、朝まで抱き潰してしまいたいが。

妻のミュリエルは、女王としての慣れない日々に毎日疲れ果てているのだ。

よって夫として、王配として、そこはひたすら我慢である。

だからこそギュスターヴは、せめてその一回をできるだけ密度の濃いものにしようとしている。

至高の地位にいる愛しい妻が、決して他の男に目移りしないように。

しっかりと己の存在を、彼女に刻みこんでおかねばならないのだ。

無意識のうちだろう、ガクガクと小刻みにミュリエルの腰が動いている。

まるで自分を欲しがっている様で、ギュスターヴは非常に気分が良い。

これ以上は耐えられないと、逃げようとするその腰を押さえつけうつ伏せにすると、後ろから深く抉る様に突き上げてやる。

「ああ……！」

ミュリエルが寝台のシーツをギュッと握りしめて、また絶頂に達した。

ギュスターヴは後ろから絶頂の中にいる彼女を抱きしめると、そのまま寝台に押しつぶすようにして、激しく腰を打ちつけ己の劣情を吐き出す。

ひくひくと小さく痙攣しながらも、健気にそれを受け止めるミュリエルに愛おしさが湧き上がってくる。

「ギュスターヴ……」

少し嗄れた声で名を呼ばれれば、また血液が下半身に集まりそうになる。

（……刑法総則第一条、第一項、この法はエルヴァシス王国内の王族以外の全ての国民に適用する。第二項、国外における、エルヴァシス国の船舶内において罪を犯した者についても適用とする……）

沸いた頭を冷やすため、ギュスターヴは唐突に頭の中でエルヴァシス王国刑法を第一条第一項から必死に唱え始めた。

妻にこれ以上の無理は、させるわけにはいかないのである。

なんせ明日は早朝から、隣国の外交官との接見があるのだから。

だからどうか落ち着いてくれ。我が下半身よ。ギュスターヴは必死に心身を冷やそうとした。

これまでギュスターヴは、自分を理性的な人間であると固く信じていた。

周囲にも、冷徹な人間であると思われているだろう。

それなのにミュリエルが相手だと、何もかもが上手くいかない。

（……だめだ。抜こう）

このまま妻と繋がったままで眠りたい、などと若干夢見がちなことを思ったが、無理だと判断した。

挿れていたら、動かしたくなってしまうものなのだ。なんせギュスターヴは、これでもまだ二十代の若造なので。

ミュリエルの中から己をずるりと引き抜くと、その刺激でまたミュリエルがびくりと震えた。

「…………」

（……だ、第三条、第一項目、エルヴァシス王国内において、刑とは死刑、懲役刑、禁錮刑、罰金刑を主刑とし、没収を付加刑とする……）

うっかり元気に上を向きそうになった利かん坊の愚息をなんとかしようと、ギュスターヴはまた刑法を頭の中で唱え始めた。

するとうつ伏せになっていたミュリエルが、ころりと体を転がして仰向（あおむ）けになる。

彼女の大きな乳房は、仰向けであってもその膨らみを失わない。

ミュリエル自身は疎ましく思っている様だが、その胸がどれほど男たちを魅了するか、彼女は知らないのだ。

男たちの欲を含んだ視線がミュリエルの胸元に釘付（くぎづ）けになっていることに、どれほどギュスターヴが不快な思いをしていることか。

いまだ情交の余韻から戻ってこられないのだろう。ぼうっとした顔をしたミュリエルが、ギュスターヴの精が注がれた下腹を愛おしそうにそっと撫でた。

おそらく子供が欲しいのだろう。——そう、夫であるギュスターヴの子が。

（……だったらその可能性を上げるためにも、もう一度抱いてしまってもいいのではないか？）

うっかりそんな都合の良いことを頭の隅で考えてしまい、これまたギュスターヴの下半身が元気を取り戻し始める。

繰り返すがどんなに冷静であろうと努めても、ギュスターヴは所詮、二十代前半の若造なのである。

（くっ……！　第三条、第五項、国内において死刑は絞首、および斬首により執行されることとする……）

わざと殺伐とした法律を頭の中で唱え、言うことを聞かない下半身を必死に落ち着かせようとする。

ちなみにこの国の法律は全て、ギュスターヴの頭の中に入っている。

法は、知っているものにしかその恩恵を与えない。

法で認められた権利を知らなければ、救済の手は与えられない。

法で定められた税率を知らなければ、多く取られても気づかない。

知らなければ、ただ搾取されるだけである。――つまり無知とは罪なのだ。

そもそも罪の概念すらも、法治国家である以上は法によって決められる。

そして王配という地位にいる以上、己の言動及び行動に少しでも法に反するものがあれば、ギュスターヴは立ち所に全てを失う可能性が高い。

よって少しの弱みも突かれないよう、法律は必須の知識なのだ。

常に己の全てに対し、ギュスターヴは法的確認（リーガルチェック）を欠かさず生活している。

なんせ彼を今の地位から引き摺り下ろそうとしている者たちは、この国に腐るほどいるのだ。

僅かたりともつけ込まれるような隙を、作ってはならない。

ギュスターヴが頭の中で法律を諳(そら)んじて己の中の劣情と戦っていると、睡魔に襲われたのか、ミュリエルがうつらうつらとし始めた。

春を思わせる柔らかな若草色の目が細められ、小さく首が揺れている。

(今日も可愛いな……)

どれほど淫らに乱れても、不思議とミュリエルはその清らかさを失わない。

初めて出会った時のように、ギュスターヴの心を捕らえて決して離さないのだ。

ギュスターヴはそっと彼女を引き寄せて、汗ばんだその体を抱きしめる。

ミュリエルはギュスターヴのつまらない人生において、突然現れた奇跡だった。

ギュスターヴが欲しかったもの全てを、惜しみなく与えてくれた。

「……んっ」

ミュリエルがむずがるように、ギュスターヴの胸元に顔を擦り付けた。

こうして意識がない時にだけ、ミュリエルはギュスターヴに甘えてくれる。

(……愛しているよ、ミュー)

そしてギュスターヴは声に出さずに、今では呼べなくなった名を呼んだ。

ギュスターヴはラスペード侯爵家の三男として、この世に生を受けた。

ラスペード家の歴史は古い。なんでも家の興りは、エルヴァシス王国の建国前にさかのぼるそうだ。

かつてラスペード侯爵領は小さな国として独立しており、ラスペード家は先祖代々その地で王として君臨していたらしい。

それが新しく興った国、エルヴァシス王国に飲み込まれ属国となり、やがて王という称号すらも奪われ、ただのエルヴァシス王国の一領地として組み込まれてしまった。

それもあってかラスペード家の者たちは、皆やたらと自尊心が高かった。

彼らはいまだに、かつて一国の王であった頃のことを忘れられないのだろう。

そんな自分が生まれてもいない遠い昔の頃のことに何故皆こだわるのかと、幼い頃からギュスターヴは不思議に思いつつも呆れていた。

そんなラスペード家は、再びこの国の中枢となることを目指していた。――もちろん、ギュスターヴの父もまた。

どうやら彼は、宰相の地位を狙っていたらしい。

ギュスターヴはそんな大貴族、ラスペード侯爵家の子息だったが、しがない三男であった。

この国の貴族は基本、爵位と全ての財産を長男が単独で受け継ぐ。

所詮次男は長男になにかあったときの代替品に過ぎず、そして三男はさらにその代替品でしかない。

よってギュスターヴが父から受け継げるものは、ほとんど何もなかった。

ギュスターヴが生まれた時、父は酷く残念そうに『女だったら使い道があったものを』などと吐き捨てたらしい。

どうやら父は、政略結婚の駒として使える娘が欲しかったらしい。

性別という本人にはどうにもできないことで、ギュスターヴは生まれてすぐに価値がないものと見做されてしまった。

さらにギュスターヴは絶世の美女だったという祖母に似て、非常に美しい容姿をしていた。

そのこともまた、父の失望をさらに深いものにしてしまったようだ。

『お前が女だったら、王妃の座とて狙えたであろうにな』

父は息子の類まれなる美貌を見ては、そう言って残念そうにため息を吐いた。

おそらく彼は己の娘をこの国の王妃とし、次期国王の外祖父の座を狙っていたのだろう。

確かにギュスターヴが女であれば、家柄、美貌、教養全てにおいて不足なく、妃として第一王子に嫁ぐこともできただろう。

だがどれほど少女めいた美しい容姿をしていても、残念ながらギュスターヴは正真正銘の男性であり息子だった。

結局その後、ラスペード侯爵家に娘が生まれることはなく、父の野望は儚くも砕け散った。

そして男としてのお前は不要だと、何の価値もないと、失望され見下され続けたギュスターヴの心は順当に捻くれた。

それはもう見事なまでに。

美しく整った顔を讃えられても、その裏に『女だったら良かったのに』という響きを勝手に感じとって、不快な気持ちになるのだ。

さらにギュスターヴの美しさに魅入られた者たちが、やたらと周りに集ってくる。

一人になりたいと願うのに、常に人間に囲まれてしまうのだ。煩わしくてたまらない。

男でありながら暗がりに連れ込まれ、貞操の危険を感じたことも、一度や二度ではない。

なんせ貴族共は美しいものに目がないのだ。宝石然り、美術品然り、人間然り。

ギュスターヴを手に入れようとする人間は、多かった。

自分の身を守るため、そしてせめて内面は男性らしくあらんと、ギュスターヴは剣を振り、槍を突き、弓を引き、馬術をも極めた。

武芸にも才があったらしく、いくつかの大会に出場し素晴らしい成績を収めた。

おかげで背が伸び、体格も良くなり、女に間違われることはなくなった。

だが取り巻きに女性の比率が増えただけで、集ってくる人間は一向に減らなかった。

(何故……！)

ギュスターヴは頭を抱えた。

やがて精神的なものかはたまた酷使し過ぎたからか。片目だけがガクンと視力が落ち、日常的に片眼鏡が必要となった時、ギュスターヴは内心安堵した。

片眼鏡をつけることで、皆が己の顔に興味をなくすだろうと思ったのだ。

ところが『知的に見えて素敵』などと言われただけで、気持ちの悪い取り巻きはやはり一向に減る気配がなかった。

(だから何故……！)

もう訳が分からなかった。どうやらギュスターヴは愛と美の女神にやたらと愛されているらしい。本当に勘弁してほしい。

もちろん顔が良いことを妬み、僻(ひが)む者もいる。

なんなら代わってほしいとギュスターヴは思う。

どうでもいい他人に一方的に粘着され、振り回される苦しみを味わったことがないから、そんなことを気軽に言うのだ。

『いっそそのままパトロンでも見つけて、男娼のように人に寄生して生きていったらどうだ？』

どうせお前には、それくらいの未来しかないだろうから、と。

二人の兄は楽しそうにそう言って、ギュスターヴを見下し蔑んだ。

美しい容姿を持ち、優秀な頭脳を持ち、身体能力にまで恵まれた、奇跡のような出来の末の弟。

兄弟間で妬みや嫉みが生まれるのは、致し方ないことであったのだろう。

兄たちが持っていてギュスターヴが持っていない物など、未来の爵位くらいのものだったのだから。

兄たちは、ギュスターヴを陥れることに躍起になっていた。

事実その美しさと優秀さから、ギュスターヴには次から次に娘しかいない貴族の家から、婿入りの話が湧いて出た。

だがギュスターヴは、その全てを断った。

それを受け入れてしまえば、爵位を得るために身を売ったことになり、結局は兄たちに言われたように、男娼と何ら変わらないのではと感じてしまったからだ。

あれやこれやですっかり潔癖となってしまった少年は、綺麗事をとても大切にしていた。

ありがたいことに父は父でギュスターヴをできるだけ高値で売りつけたいのか、沸いた婿入り話を片っ端から断っても特に怒ることはなかった。

(――私は自分の力だけで、生きていくんだ)

爵位を継げない貴族子息の行く末は、そう多くない。

娘しかいない爵位持ちの家へ婿にいくか、軍に入って軍人になるか、役人登用試験を受けて王宮に出仕するか。

ギュスターヴはその中で、役人になることを選んだ。

体を使うことよりも、頭を使うことのほうが好きだったからだ。

また国や社会の仕組みについて、強い関心をもっていたこともある。

ギュスターヴは今の国の有様を憂いていた。

この国はあまりにも貧富の差が激しい。貴族ばかりが肥え太り、平民は常に飢えている。

馬車に乗り道を行けば、人々の貧しい生活の姿が垣間見える。

そもそも税制自体があやふやで、領地を持つ貴族たちは自分たちの裁量で、領民たちに国税に加算して税をかけることができる。

もちろん法的にそれにも上限はあるが、違反した際の明確な罰則がなく、地方領主たちはやりたい放題だ。

重い税を課せられた民は、貧困に喘いでいる。――人は、神の名の下に平等なはずなのに。

生まれた場所が違えば、こんなにも命の価値が違うのだ。

(早急に地方領主たちを監視し、罰する仕組みが必要だ。このままではこの国は沈む)

今、地方領主たちが力をつけ過ぎてしまっている。

いずれは、王をも凌駕(りょうが)する力を手に入れかねない。

もっと権力を中央に集中させるべきだ。叛逆(はんぎゃく)の芽は早めに摘まねばならない。

勇者や英雄が活躍する冒険譚が大好きな少年らしい潔癖さで、自分が権力を得たらやりたいことが、ギュスターヴの中に次から次に浮かんでいった。

――己の名を残したかった。顔ではなく、実力によって。

そんなギュスターヴがミュリエルに出会ったのは、思春期の盛り。

彼が最も自己愛と自己顕示欲を拗らせていた、十六歳の頃のことだ。

成長するにつれ、ギュスターヴの美貌は翳(かげ)るどころか凄みを増した。

どこにいっても常に人の目を引き、落ち着くことができない。

そんな折、王宮に出仕する父がギュスターヴに同行を命じた。

役人を目指すなら王宮に慣れていた方がいい、などという適当な理由で。

(まあ手持ちの財産、商品として、私を見せびらかしたいのだろうな)

娘ではないことに失望した父だが、それでも顔の良い息子はそれなりに利用価値があると思ったのだろう。

連れ歩けば人目を引ける上に、話題にもなる。

虚栄心の強い父にとって、自分は格好の装飾品というわけだ。

ギュスターヴは自分が人並外れて美しい容姿をしていることを、自覚していた。

だがそれを利用することに対しては、強い抵抗感を持っていた。

だからこそ父が誇らしげに自分を連れ歩くことが、酷く不快だった。

「私はこれから会議があるから、暇ならば書庫にでも行っているといい。この王宮の書庫はこの国で発行されたすべての本が収められているからな。本が好きなお前ならいくらでも時間を潰せるだろう」

客寄せにした息子が、不機嫌であることに気づいたのだろう。

宥める様に父にそう提案され、ギュスターヴの最悪な気分は、一気に浮上した。

王宮の書庫ならば、もしかしたらずっと手に入らなかった、好きな作家の処女作が読めるかもしれない。

ギュスターヴはわくわくと一人、教えられた書庫の方へと向かった。

たどり着いた書庫は驚くほど広く、そして天井まで届かんばかりの高さの本棚が数えきれないほど並んでおり、その本棚の中には隙間なく本が詰められていた。

宝庫だと、ギュスターヴの心は、これまでになく湧き立った。

本棚と本棚の間を縫うようにして歩き、ずっと手に入れられなかった好きな作家の処女作を見つけたときには、踊り出さんばかりに喜んだ。

さてこの本をどこで読もうかと、あたりを見渡したところで。

彼の美貌に魅入られた書庫の利用者たちが、自分を目で追い、後を付けてくることに気付いた。

ギュスターヴはわざとらしく、深くため息を吐く。

すると周囲にいる者たちが、慌てて目を逸らした。

この顔のせいで、誰もがギュスターヴに近付いてくる。そのことが心の底から煩わしい。

なんせ一人で静かに本を読むことすら難しいのだ。

ギュスターヴは人目を避けるように、書庫の奥の奥へと進んだ。

この書庫では本が刊行年月日順に並べられており、奥に進むほどに人がいなくなる。

わざわざあえて古い本を読もうとする人間は、そう多くないのだろう。

やがてほとんど人気がなくなったところで、ギュスターヴは古ぼけた長椅子を見つけた。

その近くに採光用に作られた窓は、陽（ひ）の光で本を傷ませない様に小さく薄暗くはあるが、文字が読めないほどではない。

良い場所を見つけたと、ギュスターヴは嬉々として表面を黒い革で覆われたその長椅子に腰をかけた。

ここでなら誰からも邪魔されずに、ゆっくりと読書ができそうだ。

いくつか選んで持ってきた本の中で、一番読みたかった本を膝の上に広げる。

好きな作家の処女作は、確かにこれまで読んだ作品に比べ、文章が荒削りで読み辛いが、他の作品にはない勢いのようなものがあって、楽しかった。

ギュスターヴが夢中で読んでいると、ふと視線を感じた。

またかと憤り、わざと思い切り不快げに眉根を寄せると、その視線の持ち主へ顔を向ける。

するとそこにいたのは、自分よりいくつか年下に見える、気の弱そうな少女だった。

おそらく王宮に侍女として勤めている下級貴族の娘だろう。質素なドレスを身にまとい、柔らかそうな亜麻色の髪を緩く三つ編みにして下ろしている。

彼女は驚いた様にギュスターヴの顔を見て小さく飛び跳ね、それからやり返すかのように、思い切り不快そうな顔をしてみせた。

それは怒りと悲しみを内包したような、見ていて胸が痛くなる様な表情だった。

他人にそんな表情を向けられるのは、初めてだった。

誰もがギュスターヴに対し、媚びる様な顔を向けてくるというのに。

彼女からは、そういったものが一切伝わってこなかった。

ギュスターヴは思わず、少女に見惚れてしまった。

感情のままに、その綺麗な若草色の瞳を怒りでギラギラと輝かせる彼女を。

可愛らしいが素朴で、美少女といった感じではない。だが不思議と目を離せない。

今思えばそれは、一目惚れだったのかもしれない。

だからこそすぐに踵を返し、そのまま立ち去ろうとした彼女に、必死に声をかけて引き止めてしまったのだ。

いつだって自分は追われる側であり、去るものは追わない主義だったのに。

そんな無様な真似をするのは、生まれて初めてだった。

そうして出会ったミューと名乗る彼女と、ギュスターヴは読書友達になった。

ただ書庫の長椅子に座って本を読み、その感想を語り合うだけの、気楽な関係。

だがその時間が、ギュスターヴはどうしようもなく居心地が良かった。

なんせ好む本の傾向が全く一緒で、さらには作中でぐっとくる場面さえも一緒なのだ。

作品について互いに熱く語り合っているうちに、あっという間に時間が過ぎてしまう。

趣味が合う人間と共に過ごすことが、こんなにも満たされた時間になるとは思わなかった。

ミューはいつも昼過ぎくらいに書庫にやってきては、長椅子に座って陽が沈むまでずっと本を読んでいる。

ギュスターヴが隣に座っても気づかないほどに、彼女は本の世界にのめり込んでいる。

普段どこか冷めた表情をしているミューは、本を読んでいる時は実に表情が豊かだ。

笑う場面では小さく笑い声を上げ、泣く場面では涙をぼたぼたとこぼし、怒涛の展開になれば足をパタパタさせて悶えている。

その様子がなんとも可愛らしくて、ギュスターヴは自身も本を読みながらも、ついチラチラとミューを観察してしまう。

特に自分がすでに読了済みの本をミューに読ませる時などは、彼女の指がギュスターヴの気に入った場面のページをめくるのをこっそり待ち構え、その反応を楽しんだ。

「あああ、最高……！　最高すぎて語彙が死んじゃいます……！　なんなの……本当になんなの……！」

「だろう！　素晴らしいよな！　私も何度読み返したことか……！」

語り合い、笑い合う。面白みのないギュスターヴの人生において、最も幸せだった時間。

ミューがギュスターヴの特別になるのは、ごく自然のことだった。

(このままミューと、ずっと一緒にいたい)

家族と過ごす時間の何倍も何百倍も、彼女と過ごす時間は楽しかった。

これまで他人と過ごすことを、あんなにも煩わしく感じていたのに。

もちろんミューも、時々ギュスターヴの顔に見惚れている時がある。

まあ、自分の顔は無駄に整っているから、仕方がない。

だが不思議とミューの視線だけは、他の人間たちと違い不快な思いはしないのだ。

それどころかむしろ、ミューにとって自分の顔が好みだったらいいのに、などとこれまで考えたことのないことを考えてしまう。

(これはもう、認めるしかないな……)

あくまでも趣味の友達だと、そう思っていた。だが違った。

ギュスターヴは、生まれて初めての恋に落ちていたのだ。

やがてギュスターヴは難関である役人登用試験に合格し、王宮で勤め始めた。

夢を持ってずっと憧れていた職に就いたというのに、実際に働き始めてみれば、ギュスターヴの思い通りに行くことなどほとんどなかった。

現実に失望し、己の考えの甘さにも失望すると、ギュスターヴは一人書庫に行く。

——王宮の書庫の奥深く。古ぼけた革張りの長椅子。

ミューは、いつだって何も変わらずにそこにいた。

そのことに、ギュスターヴがどれほど救われたことか。

将来のことを話したとき、ミュリエルは言ってくれた。

『このままずっと、ギュスターヴと一緒にいたい』と。

ギュスターヴは歓喜した。

女が、男とずっと一緒にいたいと思う。それはすなわち、結婚したいということにちがいない。

思い込みの激しい若きギュスターヴは、ミューの言葉をそう曲解した。

そしてもちろんギュスターヴの答えは是（イエス）である。

いつか妻を迎えるのなら、ミュー以外にあり得なかった。

（頑張ろう。いつか堂々と彼女を迎えに行けるように）

出世してそれなりに高い地位につき、ミューを妻にするのだ。

そして夜な夜な好きな作品について、語り合えたらどれほど幸せだろうか。

身につけている物の質や言動等から察するに、ミューは貧乏な下級貴族の令嬢だと思われる。

おそらくは家計を助けるために、侍女として王宮で働いているのだろう。

女性が王宮に出仕するには、絶対に貴族である必要がある。

さらには女官ではなく侍女として働いているというから、おそらくは準男爵以上、子爵以下の家柄だろう。

一度彼女についてこっそり調べてみたことがあるのだが、不思議と何の情報も出てこなかった。

後にとある人物に手を回されていたことに気づくのだが、その時は何も分からなかった。

そんな彼女を妻にするとギュスターヴが言い出せば、一族が総出で反対してくることはわかりきっていた。

（ならば奴らに文句を言わせないくらいに、実績を積み上げてみせる）

そして父を納得させて、ミューを正式に妻にするのだ。

どれほど見た目が美しかろうが、どれほど優秀であろうが、所詮自分は三男なのだから。

何も受け継がない分、妻くらいは自分の自由にさせてほしい。

ままならぬ日々の中、ミューとの未来のため、ギュスターヴは努力を重ねた。

やがてギュスターヴは、腹の中にあった黒いものを、すくすく育て始めた。

己の理想のためなら、多少卑怯な手も許容できるようになったのだ。

そしてまっすぐに問題にぶつかるよりも、その方がギュスターヴの評価に繋がるということにも気づいた。

少しずつ薄汚れていく景色の中で、けれどもミューだけが綺麗なまま。

（もうすぐだ。待っていてくれ、ミュー）

父にはそれとなく、好きな女がいるということを匂わせている。

父はそれを愛人だと思っているのか『まあ、お前も年頃だしな』などと言い、咎めることもなくにやにやといやらしく笑うだけだったが。

父も兄たちも罪悪感なく妻以外に何人も妾を抱えているからか、女遊びを男の甲斐性だと思っているようだ。

根本は潔癖なままのギュスターヴは、そんな彼らを穢らわしいとしか思わない。

実際のところミューとは肉体関係どころか、手を繋いだことすらない清らかな関係である。

きっとギュスターヴが抱えたミューへの想(おも)いを、彼らは微塵(みじん)も理解できないだろうし、理解してもらいたいとも思わない。

やがて成人を迎えたミューは、花開くように綺麗になった。

他にも彼女に目をつける男が現れそうで、ギュスターヴは気が気ではない。

ああ、妻になってくれと伝えたら、ミューはどんな顔をするだろうか。

泣いて喜ぶミューの顔を想像しては、ギュスターヴは幸せな気分に浸る。

己の求婚が断られる可能性など、彼は微塵も考えていなかった。

――だがそんなある日。ラスペード侯爵家に病に伏している国王陛下から勅命が下った。

曰く、ラスペード侯爵家の三男、ギュスターヴ・ロラン・ラスペードを、エルヴァシス王国第三王女ミュリエル・フォスティーヌ・エルヴァシスの夫とすると。

「――は？」

突然の事態に、ギュスターヴの思考が追いつかない。

「だからよろこべ！　ギュスターヴ！　お前は次期女王陛下となられる第三王女殿下の夫に選ばれたのだよ……！」

これ以上なく上機嫌で、父は誇らしげにそう言った。

二人いた王女は他国に嫁ぎ、王位継承権を争って三人いた王子は愚かにも殺し合い、残ったのは誰も期待していない、妾腹の第三王女。

その第三王女の夫に、自分は選ばれてしまったらしい。

(——どうして?)

意味がわからない。一体皆、何を言っているのか。

「なんでも第三王女殿下は美しい顔に目がないようでな。お前のその美しい顔を、どこかでご覧になったのだろう。いやあ、お前が娘でなくてよかった!」

かつてあんなにも娘でなかったことに失望され、責められたというのに。

父は今更になって、ギュスターヴが息子であることを喜んでいる。

国王の義父になり、いずれは次期国王の外祖父になるという夢が、図らずも叶うことになったからだろう。

「なんせ第三王女殿下はこれまで全く公務に携わっておられないからな。政治のことなどまるでお分かりにならないだろう。……我らがお力になって差し上げねば」

娘を王妃とするよりも、息子を王配にした方がずっと権力を行使できると父はご満悦だ。

おそらく次期女王を己の傀儡とし、この国を自分の好きなように動かすつもりなのだろう。

兄たちもにやにやといやらしい笑みを浮かべて、この国一番の後援者(パトロン)を捕まえたギュスターヴを見ている。

（…………いやだ）

それを名誉と思うよりも、拒絶する気持ちが先に出た。

王配になんてなりたくない。また顔だけを自分は評価されるのか。――まるで男娼のように。

「その話……お断りすることは……」

ギュスターヴが震える声で口に出せば、父は冷ややかな目を息子に向けた。

「馬鹿を言え。国王陛下の勅命だぞ。王臣たるお前に断る権利があるわけがないだろう」

王命とあらば、確かに逆らうことはできない。

それに反しようとするならば、己の命を差し出さねばならないだろう。

（ミュー……）

愛しい女の姿が浮かんだ。胸が締め付けられる様に苦しくなる。

彼女を妻にするというギュスターヴのささやかな夢が、今、潰えてしまった。

「ああ、そうだ。ギュスターヴ。身辺は綺麗にしておけよ。確かお前、情を交わした女がいるんだろう」

王女殿下や他の有力貴族に知られる前に、いくらか適当に手切れ金を渡して関係を切っておけ、と父に命じられ、ギュスターヴは頭を殴られた様な衝撃を受けた。

父の言っていることはわかる。ギュスターヴが命じられた結婚は、ただの結婚ではない。この国の国王となる女との結婚だ。わずかばかりの瑕疵も許されない。――つまりは。

(もう、ミューには会えない)

ギュスターヴの心が、絶望に染まった。

本人の意思とは関わりなく、ギュスターヴが王家へ婿入りする準備は粛々と進められていく。

最後にどうしてもミューに会いたくて、ギュスターヴは王宮の書庫に向かった。

女関連は整理しておけと父に言われたが、出会って五年以上が経つのに、ミューとの間には整理すべきものが何もなかった。

ただ、最後に彼女を一目見たかった。そしてこの恋をきちんと終わらせたかった。

書庫の奥深く。いつもの長椅子に、けれども彼女はいなかった。

ギュスターヴは力なく、長椅子に腰をかける。

(どうしてこんなことになったのだろう……)

出世をしたいと思った。

父はこの結婚を、そのための良い機会だと思えと言っていた。

確かにギュスターヴは、大きな権力を手に入れることになる。

――そう、この国を動かすほどの力を。

けれど、こんな形を望んだわけではなかった。

そもそもギュスターヴが出世を望んだ理由は、ミューとの未来のためだったのに。

ギュスターヴが悲愴(ひそう)な思いに沈んでいると、ぱたぱたと軽い足音が近づいてきた。

その足音が誰か、振り向かずともわかっていた。

「ミュー……」

ギュスターヴのために、走ってきたのだろう。上気した顔で息を切らしている。

そんな彼女の顔を見たら、もうダメだった。

自分とずっと一緒にいたいと言ってくれた。

だから、待っていてほしいと言ったのに。――裏切る自分が悔しかった。

「――すまない」

ミューが驚いたようにその綺麗な若草色の目を見開いている。

（――ああ、ならばせめて。これから彼女が生きるこの国を、少しでも良きものにしよう）

妻となる女王陛下によく仕え、ミューの生きるこの国を、さらに発展させるのだ。

それが自分が唯一彼女にできる、償いだと思った。

この五年間、結局一度も彼女に触れることができないまま。ギュスターヴの恋は終わった。

涙がこぼれそうになるのを、必死に堪える。自分に泣く権利などない。

全てを振り払う様に、踵を返して書庫から走り去った。

ミューの制止するような声が聞こえたが、振り返ることなく。

ああどうか、こんな不誠実な男のことなど、忘れて幸せになってほしい。

(本当にすっかり忘れられて他の男と幸せになっていたら、少し……いや死ぬほど辛いだろうが)

だがそれこそが自分に与えられた、罰というものだろう。

そして市場に送られる家畜の様な気持ちで、妻となる第三王女殿下との顔合わせのためにやってきた王宮の謁見室で。

自分の婚約者として現れた第三王女が、まさかのミュー本人だった。

(……は?)

ギュスターヴは生まれて初めて、頭が真っ白になるという経験をした。

つまりミューは、この王宮で働く下級貴族出身の侍女などではなく。

この国の第三王女であり次期女王であり、そしてギュスターヴの妻となる予定の、ミュリエル王女殿下だったのだ。

事実にようやく思考が追いついたところで、ギュスターヴの中で渦巻いたのは、途方もない喜びと、そしてそれを上回る怒りと悲しみだった。

五年も共に過ごしたというのに、ミュリエルはギュスターヴに何一つ真実を伝えていなかったのだ。

ただただ昨日のミュリエルに対する自分の行動が痛々しすぎて、泣けてくる。

別れに酔い、悦に入っていた自分を、すでに全てを知っていた彼女はどう思っていたのか。

密かにせせら笑っていたのだろうか。

羞恥で死ねるなら、間違いなくギュスターヴは即死だっただろう。

共に過ごしていた時、いつもどこか自信なさげにしていたミュリエルは、今は背筋を伸ばし、堂々とまっすぐにギュスターヴの父を見ている。

息子ですら、できるだけ顔を合わせたくない父に対して。

共に過ごしていた頃は、いつも飾り気のない地味なドレスを着ていたのに、今は王女に相応しく豪奢で美しいドレスを身に纏っている。

元々可愛かったというのに、さらに凄みを増して美しい。

（……これは、いったい誰だ）

彼女はギュスターヴの知っているミューではない。そう思った。

だからこそギュスターヴは言ったのだ。「お初にお目にかかります」と。

だがその時、明らかにその春の野を思わせる彼女の若草色の目が、悲しみに満ちた。

（なんだって言うんだ……！）

まるで被害者の様な目をしないでほしい。そんな悲しげな目をしないでほしい。

「……私に何か言いたいことがあるのでしょう。ギュスターヴ」

だが二人きりになった途端、ミュリエルは震える声でそう言った。

それはいつもの、気の弱そうな声だった。

どうやらギュスターヴを騙していたという自覚はあるらしい。

ギュスターヴはわざとらしく片眉を上げてみせた。

「おや、私の話を聞いてくださるのですか？　ミュリエル殿下」

「……ええ。私にはその義務がありますから」

怯えを宿した若草色の目は、間違いなくギュスターヴの知っているミューで。

だからこそ、ギュスターヴの中で、また沸々と怒りが湧いた。

すっとギュスターヴの顔から、表情が抜け落ちる。

自分が受けた心の傷の、半分でもいい。

彼女も傷つけてやりたいと、そう思った。

「何も知らぬ私を揶揄（からか）うのは、面白かったですか？　ミュリエル王女殿下」

冷たい目で見やれば、ミュリエルが小さく唇を噛み締め俯いた。

傷つけてやれば、晴れる何かがあるだろうと思ったのに。

その姿を見たら、余計に胸が苦しくなった。

自分で傷つけておきながら、そんなミューを見たくないと思ってしまった。

「……ごめんなさい。私が王女であることがあなたに知られたら、もう仲良くしてもらえないと思って……」

確かに彼女の身の上を知れば、ギュスターヴは悩んだだろう。

なんせ力を持たない王族など、避けたい存在の最たるものだ。

「王女といっても私は妾腹で、後ろ盾もなく、王宮の人たち皆に嫌われていたから……」

泣きそうになりながらも、ミュリエルは必死に言葉を紡ぐ。

(――国王たる父にも見捨てられた、妾腹の第三王女)

近づいてもなんの旨味もない。むしろ、害しかない存在。

ギュスターヴと仲の良いままでいたい。けれども迷惑はかけたくない。

そう思うなら、口を噤むのは当然のことだったのだろう。――だが。

(それはつまり、私を信じていなかった、ということだろうな)

己の身の上を知れば、ギュスターヴは自分から離れていくとミュリエルは考えていた。

ギュスターヴのことを、そういう人間だと判断していたのだ。

待っていてくれと、そう言った時。笑って頷いてくれたのもまた、嘘。

だってミュリエルは最初から最後まで、ギュスターヴに何一つ期待していなかったのだから。

——何もできない男だと、そう思っていたのだから。

そのことが酷く悔しくて、そして悲しかった。

いつか結婚したいなどと思っていたのも、自分だけだ。

思い出してみれば、彼女は一言だってギュスターヴに好意を伝える言葉は言っていない。

しかもかつて彼女は、結婚もできないと明言していた。

ミュリエルはギュスターヴとの未来など、一切考えていなかったのだと思い知らされる。

「……本当にごめんなさい」

ミュリエルが深々と頭を下げる。それだって王族であればあり得ないことだ。

彼女はこの国において、誰にも頭を下げる必要はない。むしろ下げてはいけない。

頭を下げれば、恭順と捉えられかねないからだ。

王族たるもの、相手に侮られる可能性のあることは、一切してはいけない。

至高の地位にあるということは、そういうことだ。

だがこの人は、そんなことも知らないのだ。

これまで王族として、まともな扱いを受けていなかったから。

——なんて危なっかしい存在だろうか。

これでは女王になったとしても、ギュスターヴの父に、そしてあの悪辣な妃たちに丸呑(まるの)

みにされておしまいだろう。

「――殿下。王族ともあろう方が、そんな簡単に頭を下げてはいけませんよ」

ギュスターヴがたしなめれば、ミュリエルはまた泣きそうな顔をする。

「わ、私との結婚が、あなたにとって不本意であることはわかっているわ」

挙句、とんでもないことを言い出した。

おそらく国王に命令されて、ミュリエルはここにいるのだろう。

国王は、王妃や側妃たちの親族が政治的に力を持つことに、危機感を持っていた。

だからこそ国王は次期女王たるミュリエルの王配に、妃たちの陣営に与していないラスペード家を指定したのだろうから。

不本意だとすれば自分ではなく、ミュリエルの方だろう。一体何を言っているのか。

ギュスターヴは思わず、怪訝そうな顔をしてしまった。

だがミュリエルはそのまま縋るように言い募る。その顔にあるのは、恐怖だ。

「でも、どうしても夫を選ばねばならなくなって……」

ミュリエル自身、自分の力だけでこの国を収めることは、難しいと判断したのだろう。

彼女は自己肯定感が低い分、己を過大評価することがない。

できないことをできると思い込むことは、上に立つものとして非常に危険だ。

歴史上でも何人もの王が己の力を過信し、無謀な戦いや政策に国を巻き込み、結果多くの被害を出すということを繰り返している。

内政に力をいれるということであれば、案外ミュリエルは国王に向いているのかもしれない、などとギュスターヴは思ったところで。


「——そうしたら、あなたしか思い浮かばなかったの」


その言葉を聞いた瞬間、ギュスターヴの頭の中で祝福の鐘が鳴り響いた。闇堕ち寸前から、一気に立ち直る。

だってそれはつまり、国王の命令ではなくミュリエル自身がギュスターヴを夫として選んだということで。

「……あなたは自分の力でも十分上にいける人よ。けれど私との結婚をあなたの思うようにこの国を変えるための、手っ取り早い手段だと思ってはくれないかしら。私をあなたの傀儡にしてくれればいい。この結婚は、そのための契約のようなものと考えてもらえればいいわ」

どうやらミュリエルは、王としての権利と義務をギュスターヴに押し付けるつもりらしい。

それこそ、ギュスターヴの父の狙い通りに。

そしてミュリエルは王の責務から逃れ、ラスペード家は権力を手にいれる。

おそらく喜ぶべきなのだろう。だがなぜだろうか。ちっとも嬉しくない。

先ほどまでの幸福感が嘘のように、心が冷えていく。

いずれはこの国一番の権力者になれるというのに。虚しさしかない。

つまり彼女の中で、ギュスターヴはいらないものを押し付けるのに、都合の良い存在ということで。

気分が上がったり下がったりしすぎて、ギュスターヴの情緒がおかしくなりそうだ。

「……それで。私がもしあなたの期待に沿えず道を踏み外し、この国に悪政を敷いたらどうなさるおつもりですか？」

だからギュスターヴは、ミュリエルを困らせてやりたくてそんなことを言った。

少しくらい思い知ればいいのだ。恋する愚かな人間の気持ちを。振り回される男の純情を。

するとミュリエルはなにやらきょとんとした顔をしている。そんな顔も最高に可愛いのだが。

「もちろん私が責任を取るわ」

そしてミュリエルは、迷いなくそう答えた。

むしろなぜそんな当たり前のことを聞くのだと言わんばかりに。

ギュスターヴは唖然とした。まさか彼女がそれほどの覚悟を持って、ギュスターヴを望んだとは思っていなかったからだ。

「……愚王として、歴史に名を残すことになってもですか？」

「ええ。私があなたを選んだ以上、あなたの行動の結果は、全て私が背負うものでしょう？」

そう言って、ミュリエルは衒（てら）いなく笑った。

「それでこの首を落とされることになっても、かまわないわ」

その時の感情を、なんと呼べばいいのか。

胸を掻きむしりたくなるような、これまで感じたことがないほどの激情が、ギュスターヴを襲った。

ギュスターヴのために、その首を落とされてもいいだなんて。

なんでそんなことを言うのだ。そんなことを言われたら、頑張るしかないではないか。

「――あなたは、おかしい」

胸の痞（つか）えを吐き出すように震える声でそう言えば、ミュリエルは不思議そうに小首を傾げる。

本人におかしい自覚はないようだ。

だがおかしい人間ほど、自分のことを普通だと思っているもので。

「……では私のために、死んでくださるということですか」

ギュスターヴはミュリエルの目を、まっすぐに見つめた。

するとミュリエルは顔を赤らめながらも、まっすぐに見つめた。

そこは怖がって青ざめた顔をすべきだと思うのだが。

「そ、そうよ。私は自分の全てを、あなたに賭けるの」

ぐう、とギュスターヴの喉が鳴った。

彼女の覚悟に打ちのめされて、立っていられず両手で顔を覆ってその場にしゃがみ込んでしまう。

(――ああ、もうだめだ)

そんなにも簡単に、ギュスターヴに命を捧げてしまうなんて。なんて愚かなのか。

臆病なくせに、時々とんでもなく豪胆で。まるで彼女は愛する冒険譚の主人公そのものだ。

「――あなたは、馬鹿です」

思わずそんな言葉が口から溢れた。

そんなにも簡単に命を投げ出されてしまったら。

ギュスターヴはもう、ミュリエルのためなら、なんだってしてしまうだろう。

――この人を、死なせないために。

「――良いでしょう。我が君。あなたの期待にお応えできるよう、このギュスターヴ・ロラン・ラスペード。あなたの夫であり未来の王配として、全身全霊を尽くしましょう」

こうしてギュスターヴは、己の人生の使い道を決めたのだ。

（――それなのに、この人ときたら……）

幸せそうにギュスターヴの裸の胸元に顔を擦り寄せるミュリエルを見つめ、ギュスターヴの心に苦々しいものが込み上げてくる。

『あなたが妾を抱えても、私は文句を言わないから……』

ギュスターヴは己の人生を捧げる覚悟を決めたのに、そんなことを言いだしたのだ。

ギュスターヴを、他の女と共有しても構わないと。

そもそもそんな男だと思われていることも業腹だし、他の女にくれてやっても良いと思われていることも業腹である。辛い。

頭にきて、自分を男と意識させるべく、その場で唇を奪ってやった。

すると目を白黒させつつも、嫌がらなかった。

これならば付け込めそうだと、ギュスターヴは確かな手応えを感じた。

そうだ。自分が持つありとあらゆるものを使って、彼女を囲い込んでしまうのだ。

――この顔に、この体に、この知能。

悪いが自分以上の男など、そうはいないはずである。

他の男など目に入らぬように、ギュスターヴがいないと生きていけないくらいに、依存させてしまえばいい。

そして、彼女を正しく立派な女王にするのだ。

ギュスターヴはずっと、ミュリエルが自信なさげにしていることが嫌だった。

ミュリエルは自分のことを、美しくない、愚かな人間だと思っている。

つまりは彼女がそう思うように、仕向けた誰かがいるということだ。

そのことが、ギュスターヴは許せなかった。

だからこそ、彼女に堂々と前を向かせたかった。自分の価値を思い知らせたかった。

くだらない人間の、くだらない言葉を引きずらせたくなかった。

(――ミューを、歴史に残る名君にしてみせる)

王育成者(キングメイカー)になる。それが、ギュスターヴの人生の目的になった。

だというのにこの女王陛下ときたら、ギュスターヴが自分に対しどれほど重い感情を抱えているか、全くわかっていないのだ。

ギュスターヴは、いまだに彼女が何を考えているのかわからない。

嫌われてはいないと思う。家族として、戦友として、互いに必要としているとも思う。

時々危うい場面はあるが、ミュリエルはきちんとギュスターヴの指示通りに、女王陛下をしている。

そして思った以上に国民に受け入れられ、愛されている。国家運営は今のところ順調だ。

「……あの、ギュスターヴ。この予算案なのだけれど。備蓄用の小麦の値段がおかしいと思うの。私が知っている市場価格の三倍以上で計上されているみたい」

さらにミュリエルは、思いの外目端が利いた。

どうやらずっと彼女に付いていた女官のタチアナが、物の価値や世情、世の中の仕組みについて教え込んでいたようだ。

タチアナは貴族でありながら商人でもあるフェイネン子爵家の娘という設定から情報通であり、いずれはこの王宮を追い出されるかもしれないミュリエルが苦労しないよう、さりげなく必要な知識を与え導いていたのだろう。

ギュスターヴ自身、上位貴族の出身であり、金や世情については疎いところがあるので、これには非常に助かっていた。

「少しくらいなら許容してもいいかなと思うのだけれど、王宮に売りつけるからといってこれはあまりにもぼったくりがすぎる気がするわ。おそらく王宮内部で業者と癒着し、小麦価格を三倍で計上し、余った国庫を着服している人間がいると思うの」

「――かしこまりました、我が君。早急に確認いたします」

ギュスターヴはミュリエルの婚約者となってから、一切敬語を崩さない。

それは自分たちが夫婦である前に、あくまでも主従関係であることを、王は彼女自身であることをミュリエルに自覚させるためだった。

ミュリエルは目の付け所は良いのだが、いまだに判断をすることが苦手なようで、ギュスターヴに結論を出してもらいたがるのだ。

それは自信がないからだ。自分の王としての素質と、王としての判断に。

よって決して上下関係が崩れぬよう、彼女が王として自覚を持つまでは、ギュスターヴはミュリエルとの間に線を引くことにしている。

もちろんかつてのように、『ミュー』と愛称で呼ぶこともない。

そのことをミュリエルは寂しく感じているようだが、仕方がない。

――もう、無邪気でいられる子供ではないのだ。

「それと他の項目でも市場価格と比較して、あまりに度を超えて高いところは調べてほしいの」

「もちろん。予算の明細を全て洗い直しましょう。そういったことに長けている者が私の手の内におりますので」

さらにミュリエルは、色々な部署から出された予算案に目を通していく。

「それとこちらの水路工事費用の見積もりも、ちょっと高すぎる気がするの。……そもそも工事業者を役人が勝手に決めるのなら、いくらでも彼らの好きな金額にできるわよね」

あまりにも工部の役人の権限が大きすぎることは、ギュスターヴも気付いていた。

「陛下は工部の役人が業者から賄賂を受け取って、高額で工事を受注している可能性があるとお考えですね」

「ええ。これは、何かの罪になるかしら」

「もちろん。我が国の役人である以上、収賄の罪に問われますね。見せしめのため、何人か捕まえましょう。それぞれの有力貴族に連なる者がいいですね」

おそらくこれまで見逃されてきたから、彼らは安心し切っていることだろう。

いくらでも不正の尻尾は摑めるはずだ。にやり、とギュスターヴは悪い笑みを浮かべる。

「実は隣国で行われている入札制度を、我が国にも取り入れようと思っていたのです。もちろん反対意見が多数出るでしょうか、議席を持っている貴族たちの親族が不正で捕縛されていれば、恥じて強くは反対できないでしょうし」

「入札ってどういうこと？」

「複数の業者に見積もりを提出させ、最も有利な条件、金額を申し出た者と契約するという仕組みですね」

「なるほど。確かにそうすれば役人には不正ができないわね」

「ただ今度は業者間で談合し、前もって金額を示し合わせ落札者と落札額を決めてしまうという別問題が発生しますが」

「……なるほど。難しいものね。何か完璧な方法ってないのかしら……」

顎に手を当てて考え込むミュリエルを、ギュスターヴは優しい目で見つめる。

彼女は決して愚かなどではない。むしろ誠実で思慮深く賢い人だ。

異常に気が弱いところを除けば、十分に女王に値する人間だとギュスターヴは思う。

幼少期から正しく王族らしい教育を受けていたら、どれほど素晴らしい施政者になっていただろうかと惜しんでしまうほどに。

ちなみに幼いミュリエルを散々冷遇していた前国王の妃たちは、今や王宮においてその権力を失い、女王となったミュリエルからかつての仕返しをされるのではないかと、日々怯えながら暮らしているようだ。

また実家であるラスペード侯爵家は、蓋を開けてみればちっとも思い通りにならない女王とギュスターヴに業を煮やして、恩知らずだなんだとギャンギャンうるさい。

だがギュスターヴからしてみれば、家族に恨みはあれど感謝する気持ちは元々なかったので致し方ない。

そもそも王配殿下となったギュスターヴの方が、父や兄より身分が上なのだ。

それなのに思い通りになると勝手に思い込んでいた、父と兄たちが悪いのである。

さらには実家族よりも、ギュスターヴは妻であるミュリエルの方が圧倒的に大切である。

よって彼女の不利益になるようなことなど、するわけがないのだ。

――ギュスターヴの全てはミュリエルのものだ。富も、栄誉も、何もかもが。

（正直、男として愛されている確証はないが……）

今更彼女の気持ちを確かめることは、怖くてできない。

己の顔が良い自覚はある。だが己の性格には難があるという自覚もあった。

毎日はそれなりに幸せで、それなりに充実している。

下手に色々とはっきりさせて居心地が悪くなるくらいなら、もういっそ一生現状維持で良いのではないかという気持ちになってしまう。

いずれ子供ができて家族になれば、男女の情などそれほど重要なことではあるまい――

ということにしておく。

（――冷徹な王配殿下が、聞いて呆れるな）

器用なはずのギュスターヴが、いつだってミュリエルのことだけは要領良くいかない。

「……ん」

うつらうつらとしていたミュリエルがうっすらと瞼を上げて、ギュスターヴの顔をその若草色の瞳に映す。

彼女の目に映る自分は酷く脂下がっただらしない顔をしていて、ギュスターヴは慌てて表情を引き締めた。

するとカッ何かを思い出したかのようにミュリエルが目を見開き、がばっと起き上がった。

「忘れていたわ……！」

「ど、どうなさったんです？」

これまでになかったことに、慌ててギュスターヴが声をかければ、ミュリエルはガシッと彼の手を握りしめて胸元に抱き込んだ。

己の手がミュリエルの豊かな乳房に埋め込まれて、ギュスターヴの頭が真っ白になる。

（温かい……柔らかい……って、一体何がどうなって……⁉　わざとか？　わざとなのか⁉）

下半身の一部に血液が集中しそうになり、ギュスターヴは慌てて腰を引いた。

ミュリエルの前では、余裕のある大人な男でありたいのである。

たとえ実際の頭の中身が、思春期に毛が生えた程度だったとしても。

「ギュスターヴ。実はお願いがあるの……」

ミュリエルがギュスターヴの目をしっかり上目遣いで見つめ、言葉を紡ぐ。

ギュスターヴと話す時は、どこかおどおどしたところがある彼女にしては珍しい。

（しかも、お願い……だと？）

女王になって一年が経つが、彼女がそんな我儘を言うのは初めてのことだ。

一体何があったのかと、思わずギュスターヴも背筋が伸びる。

「何なりとお申し付けください。我が君」

どこか言い淀むミュリエルを安心させるように微笑むと、ギュスターヴは先を促した。

このまま黙られたら、気になって眠れなくなってしまう。絶対に吐かせねばならない。

ギュスターヴは実はかなりの心配性であった。

ミュリエルは逡巡しながらも、ようやく口を開いた。

「あのね……」

「はい。なんでしょう」

「私、休暇が欲しいの……！」

「…………！」

ミュリエルに泣きそうな顔で言われ、ギュスターヴに激震が走った。

彼女に無理をさせないようそれなりに気を使っていたつもりだったが、確かに休暇らしい休暇を取らせたことはこの一年一度もなかった。

何ヶ月も先まで予定はパンパンに詰まっているし、すべきことも山積みとなっている。

仕方ないとはいえ、あまりにも酷い待遇である。ギュスターヴは反省した。

「も、申し訳ございません。明日になったらすぐに予定を確認して、休暇の取れそうな日を……」

ミュリエルの仕事を自分が肩代わりすれば、一日くらいならなんとかなるだろうとギュスターヴが考えたところで。

「私はギュスターヴと一緒に休暇が取りたいの……」

そんな彼の思考を察したのか、ミュリエルが慌てて付け足すように言った。

思わぬ言葉に、ギュスターヴは目を見開く。

「あのね……。二人で過ごす時間がほしいの」

（……今も二人で過ごしているんだが）

するとまたしても彼の考えを見破ったらしいミュリエルが、小さく唇を尖らせた。

「二人で、仕事でも義務でもない私的な時間を持ちたいってことよ。……ねえ、ギュスターヴ。この前あなたの好きな作家のクロード・バジューが新刊を出したの。読んだ？」

読んだも何も、そもそも新刊が出たことすら知らなかった。

かつてあんなに夢中になって読み漁り、新刊が出るのを指折り数えて待ち望んでいた作家だというのに。

「……読んでないわよね。だってあなた、忙しいもの」

私のせいで、と。音にならない声が、聞こえた気がした。

「……一日とは言わないわ。半日、いいえ数時間でもいい。あの長椅子で、ギュスターヴと一緒に本を読みたいの。そして色々なことを話したいの……」

それは悲痛な声だった。

言われてみれば仕事中二人で過ごす時間は多いのに、私的な時間を持つことはほとんどなかった。

夜だってすることをした後は、互いに気絶するように眠ってしまう。

互いに忙しすぎるとしても、それは夫婦としていかがなものなのか。

そんなことに、ミュリエルから訴えられて、初めて気付いた。

彼女はどれだけ不安だったろうか。ギュスターヴは心の底から猛省する。

国のことばかり考え、女王としてではない、一人の女性としてのミュリエルを見過ごしていた。

「申し訳ございません。……私は駄目な夫ですね」

落ち込んだギュスターヴの頰に、ミュリエルの細い指が添えられる。

そして顔を引き寄せられ、唇を重ねられる。心臓がバクバクと、破裂しそうな音を立てている。

ミュリエルの方から口づけをされるのは、これが初めてだった。

「違うわ。ギュスターヴ。あなたは本当によくやってくれているわ。あなたがいなければ、私はとっくに愚王の烙印(らくいん)を押されて、下手をすれば殺されていたと思うもの」

いつもあなたには感謝しているの、と言ってミュリエルは微笑んだ。

今日も妻が優しくて可愛い。ギュスターヴは何やら涙が出そうになった。

「だからこれは、ただの私の我儘なの。少しでもいいから、あなたと昔みたいに過ごしたいって」

「わかりました。なんとかします」

ギュスターヴは即答した。それはもう、自分でも驚くほど食い気味に。

ミュリエルも驚いたのか、若草色の目をまん丸にしている。

正直なところ未だになんとかできる方法が思いつかないが、とにかくなんとかしてみせる。

なんせ可愛い妻の、滅多にない可愛い可愛い我儘なのだ。

ちなみにまたしても下半身が痛いくらいに勃ち上がっているが、こんな可愛い妻を前にしては仕方がない。不可抗力である。

(とりあえず、具体的な方法は明日考えよう)

今日はもうこの幸せな気分のまま、ミュリエルを抱きしめて眠るのだ。

ギュスターヴは細く長い息を吐いてミュリエルを抱き寄せると、寝かしつけるように背中を撫でる。

「……あの、ギュスターヴ?」

するとギュスターヴの熱り立った下半身に気づいてしまったらしいミュリエルが、恐る恐る困ったような声をあげる。

「……すみません。気にしないでください。多分そのうち落ち着きますので」

ギュスターヴはなんでもないような顔をして、淡々と言った。

そう、仕方がない。なんせ不可抗力なのだから。

内心は恥ずかしくてたまらなかったが、むしろ堂々としていた方が心の損傷は少ないものだ。

だがミュリエルは眉を下げ、顔を真っ赤にすると、蚊の鳴くような声で言った。

「もう一回、する……？」

その瞬間。夫婦生活は一日一回としていた、ギュスターヴの決意が砕け散った音がした。

これは流石にミュリエルが悪い。飢えた獣の目の前に、自ら餌を置いたのだから。

ギュスターヴは無表情のまま、ミュリエルを寝台に押し倒す。

「……え？　ギュスターヴ？　んんっ……！」

そして荒々しく唇を塞ぐと、ミュリエルの脚を大きく広げさせ、間に手を伸ばす。

そこはまだミュリエルの蜜とギュスターヴの出した精で、ドロドロに蕩けたままだった。

指先でその滑りを絡めとると、未だ赤く腫れ上がったミュリエルの小さな芽に塗りつける。

「や、ああっ……！」

そしてその根本から押し潰すように刺激を与えてやれば、すぐにミュリエルの腰ががくがくと震え始めた。

早いかと思いつつも蜜口に指を差し込んでみれば、すんなりとその奥深くまで咥え込んでくれる。

「あ、ああ……！」

快感を逃そうと身を捩るミュリエルを押さえつけると、蜜口から指を引き抜き、己の先端を当てる。

期待するように、誘い込むように、ミュリエルの入り口がひくりと戦慄いた。

堪えられずに、ギュスターヴは一気に彼女の腹の奥まで貫く。

「――っ‼」

挿入されただけで達してしまったらしいミュリエルが、声もなく背中を弓形にのけぞらせ、体を小さく跳ねさせた。

脈動するようにぎゅうぎゅうと締め付けてくるミュリエルに、ギュスターヴは奥歯を噛み締めて、耐える。

（あ、危なかった……！）

良い年齢して、思春期の少年のような速度で終わってしまうところだった。

なんとか快楽の波を乗り越えると、未だひくひくと脈動を繰り返すミュリエルの中をゆっくりと擦り上げる。

「んあ、ああっ……！」

ミュリエルが縋り付くように、ギュスターヴの背中に爪を立てる。

興奮のあまり痛覚が麻痺しているのか痛みは感じず、それどころか心地良く感じる。

馴染ませるようにゆっくりと、やがて少しずつ速度を上げて、ギュスターヴはミュリエルを穿った。

そして一回目よりもはるかに長い時間、ギュスターヴはミュリエルを揺さぶり続けた。

（ふむ。やはり二回目は、一回目より保つものなんだな……）

ギュスターヴは二十代半ばにして、どうでも良い新たな知見を得た。

ようやくミュリエルの中に精を吐き出した時には、彼女の意識は朦朧としていた。

仕事で疲れている上に、ギュスターヴに長い時間ねちっこく二回も付き合わされたのだ。

体力の限界だろう。

ギュスターヴも出し切るように数回ミュリエルの中で扱いた後、彼女の上に崩れ落ちると、その体を強く抱きしめて、そのまま意識を失ってしまった。

次の日遠慮がちに、けれどもしつこく継続して扉を叩かれる音で、ギュスターヴは目を覚ました。

おどろくことに、まだミュリエルと繋がったままだった。図らずも男の浪漫を叶えてしまったな、などと阿呆なことを考えたところで。

部屋の中が、普段よりも明るいことに気付いた。ギュスターヴの全身から血の気が引く。

（しまった……！）

どうやら寝坊をしてしまったらしい。袖机の上に置かれている懐中時計を見て、その想像以上に遅い時間に飛び上がると、未だ腕の中にいるミュリエルを慌てて起こす。

「我が君！　起きてください！　ミュリエル様……！」

「んー？」

寝起きで目が開かない我が妻は、今日も最高に可愛いのだが。今はそれどころではない。

隣国の大使との約束の時間まで、一刻もない。

入れっぱなしのものが、ミュリエルがみじろぎするたびに刺激されて、また大きくなってしまったのは、これまた不可抗力である。なんせ朝なので。

「あー。ギュスターヴだぁ……。朝のギュスターヴだぁ……」

するとようやく目を開いたミュリエルが、幸せそうにふにゃりと笑った。

「ずっと、こうしてあなたと一緒に朝を迎えたかったの……んっ！」

ギュスターヴの胸が、ぎゅんぎゅんした。もちろん下半身も連動した。

ギュスターヴは疲れているミュリエルをぎりぎりまで寝かせてやりたくて、いつも先に寝台を抜け出していた。

良かれと思ってしていたことだったが、そのことをミュリエルは寂しく感じていたらしい。

妻のいじらしさに、このまま腰を動かしたくなるのを、ギュスターヴは必死に堪える。

（……商法総則第一条、エルヴァシス王国内で商行為を行う場合、他法に特別の定めがあるものを除き、この法律に定めることによる。第二条、この法律に定めがない事項については商慣例に準ずる……）

商法を頭で唱えながら、後ろ髪を引かれつつミュリエルの中から己を引き抜く。

「あんっ……！」

「……………」

引き抜いた時の刺激で、ミュリエルが悩ましげな声を上げる。

うっかりそれを聞いてしまったギュスターヴは、また湧き上がってきた煩悩を必死に滅却しなければならなかった。

「……我が君、起きてください。このままではフィリドール王国の大使との接見に遅刻します……！」

自国の貴族や高官ならともかく、他国の要人相手では国際問題になりかねない。

慌ててガウンを纏い、ミュリエルにもネグリジェを被（かぶ）せて、慌ててベルを鳴らす。

寝坊などこれまでしたことがなかったから、使用人たちも対応に困ってしまったことだろう。

安堵した表情で入ってきた女官たちに、ミュリエルの準備を申しつけると、ギュスターヴは走って自室に戻り、慌てて衣装を整えた。

まっすぐな髪は櫛(くし)で数度梳るだけで、美しく整えられる。

初めて己の恵まれた髪質に感謝をしつつ、ギュスターヴはミュリエルを迎えに行った。

大使との接見には無事間に合ったが、ギュスターヴが朝早く起きて作る予定だったミュリエルの扇の裏に貼る台本(カンペ)が用意できなかった。

何かあったら自分が助け船を出さねば、と緊張してその場に臨んだが、ミュリエルは最初の方こそ緊張していたようだが、無難に接見を終えることができた。

大使と談笑して、また近く会う約束をして、ミュリエルとギュスターヴは接見室を後にする。

そしていつものように執務室に着くと、ミュリエルはへなへなと長椅子に沈み込んでしまった。

「き、緊張したわ……！」

「大丈夫ですよ。多少何を言っているかわからない時もありましたが、思ったよりずっとまともでした」

「褒められている気がしないわ……！」

顔を見合わせて、安堵したように笑い合う。

昼は政府高官たちとの会食がある。息を吐く暇もない。

「……ドレスを着替えてくるわね」

女王ともなれば、毎日数回衣装替えを行う。実に無駄だと思うのだが、国王の品質保持は大切らしい。

面倒だなんだと愚痴りながら、ミュリエルが執務室を出て行く。

今ここに残っているのはギュスターヴと、今ではミュリエルの補佐官となったタチアナだけだ。

「……タチアナ。頼みがあるんだが」

「嫌です。不吉な予感しかしません」

「…………」

ミュリエルと自分が休みを取るのなら、仕事の代理を頼めるのはタチアナしかいないと思ったのだが、話を聞く前に、にべもなく断られてしまった。

初めて会った時から、彼女からはギュスターヴに対する敬意が感じられない。

ちなみに主人たるミュリエルも感じたことがないそうなので、これが彼女の姿勢(スタンス)なのだろう。

「出る杭は打たれるので、あまり悪目立ちしたくないんですよねえ……それでなくとも子爵令嬢ごときが女王のお付きになっていることに、色々と文句を言われてますし」

「それはもう今更だと思うが……」

タチアナは優秀な人材だ。だがいかんせん、裏方の仕事が好きなようで、表の仕事は全てにおいてやる気がないのが難点である。

「ただ、お休みが欲しいっていう、ミュリエル様の願いは叶えて差し上げたいんですよね。私の大事なミュリエル様をこき使っておられるギュスターヴ殿下におかれましては、過労死しようが腹上死しようが、比較的どうでも良いのですが」

「……本当に言いたい放題だな、タチアナ」

そしてタチアナは、どの人間に対しても言いたい放題なのも難点である。

どうやらギュスターヴに対し、彼女は忸怩たるものを抱えているらしい。

まあ確かに、自分はそれを甘んじて受ける義務があるかもしれない。

彼女の大切な主人を、手折って思うがままにしているのだから。

「……いくつかの予定を前倒しにいたしましょう。それで一日あたりに増えた仕事に関しましては、微力ながらも協力して差し上げます」

確かにそれが最も現実味のある方法だろう。

ギュスターヴはしばらくの間、睡眠時間を削る覚悟を決めた。

愛しい妻のためなので、仕方がない。

それからタチアナは一つため息を吐いて、心底鬱陶しそうに言葉を紡いだ。

「──そういえばお聞きになりました？　どうやらあの屑王子が帰ってくる気みたいですよ」

第四章　夫婦の休日

その日、ミュリエルは休暇をもらった。

国王に即位して以来、初めてのことである。

いつもより少し遅い時間に目を覚ます。窓から差し込む日差しが心地よい。

（今日は、朝から晩までなんの予定もないのよね……）

女王としての公務が一切ない。その久しぶりの感覚に、心がそわそわとする。

そして何よりもたまらないのは、隣で未だにぐっすりと眠っている夫の寝顔である。

結婚し寝室を共にしても、ギュスターヴは常にミュリエルよりも遅い時間に寝て、ミュリエルよりも早い時間に起きるので、彼の寝顔をしっかりと見たのは、なんとこれが初めてだった。

（美形は寝顔すらも美しいのね……）

初めて見る夫の寝顔に、ミュリエルの心は感動で打ち震えていた。

休暇の取得のため、このところギュスターヴは全ての仕事をできる限り前倒しにしていた。

休暇に入るのが先か彼が過労死するのが先か、などと思わずミュリエルが恐怖を覚えるほどの繁忙にあり、その顔にはやはり疲労の色が濃い。

少し頬がこけた気がするし、目の下にはべったりと隈が貼り付いている。

だがそれでもギュスターヴは美しかった。むしろ影ができて色気が増している気がする。

きっと涎を垂らして鼾をかいていたとしても、彼は美しいのだろう。

それはもちろんミュリエルの、妻の欲目もあるのかもしれないが。

ミュリエルは万感の思いでギュスターヴを見つめる。

やはり夫はどの方向から見ても美しい。この世の奇跡ではなかろうか。

「ん……」

小さく呻いて、ギュスターヴの瞼がうっすらと開く。

少々白目が血走っているものの、その青玉の目もやはり美しい。

「おはよう、ギュスターヴ」

ミュリエルが声をかければ、ギュスターヴが驚いたように一気に目を見開いた。

「お、おはようございます。我が君。……まさか、ずっと私の寝顔を見ておられたのですか?」

「ええ、そうよ。眼福だったわ」

にっこりと満面の笑みでミュリエルが答えれば、恥ずかしそうにギュスターヴが顔を赤らめた。

(目が……目が潰れそう……！)

超絶美形の照れる顔など、一体どんなご褒美なのか。

この一年の結婚生活で、この顔をずっと見逃し続けていたことをミュリエルは惜しんだ。

わずかに睡眠時間を多く取るよりも、この顔を拝んだ方が絶対に寿命が延びるはずだ。

こほん、と誤魔化すように咳払い(せきばら)いしたギュスターヴは、いつもの澄ました顔に戻る。

「さて、今日はまず何をして過ごしましょうか？」

難しいなら半日、それも無理なら数時間でもいい、とミュリエルは言ったのだが、ギュスターヴは必死になって、丸一日の休暇をもぎ取ってくれた。

ちなみにミュリエルは、この休暇取得に対し貴族や政府高官からは反対、良くても嫌な顔をされるだろうと思っていたのだが、むしろ彼らからは諸手(もろて)を挙げて歓迎された。

彼らも常々ギュスターヴとミュリエルが全く休みを取らないことを、負担に思っていたらしい。

(口に出してみないと、わからないものね……)

王という地位にある以上、国のため滅私奉公しなければならないと固く信じていたのだが。

それは逆に周囲の者たちに対し、同じだけのことを求めるような、圧力になっていたのかもしれない。

「ねえ、久しぶりに本を読みに行かない？」

ミュリエルの提案に、ギュスターヴは笑って頷いた。

いつもの女王らしい重厚かつ華美なドレスではなく、今日は貴族の娘の普段着のような、質素で動きやすいドレスを身につける。

化粧もせず、宝飾品もつけないで姿見の前に立てば、なんとも目に優しい地味な女が一人立っている。

この姿のミュリエルを、きっと誰もこの国の女王とは思わないだろう。

それなのにギュスターヴは、そんなミュリエルを甘い顔で見つめてくれる。

ちなみにギュスターヴも、いつもより質素で動きやすい下級貴族のような格好をしている。だが元が美しすぎるのでまったくいつもと変わっていない。

この姿でも、誰もが彼をこの国の王配殿下であると認識するだろう。

（美形すぎて変装ができないっていうのも、面白いわね）

ミュリエルはそんなことを思って、笑う。

それから二人で手を繋いで、王宮の書庫に向かって歩く。

「久しぶりね……。この本の匂い、懐かしいわ……！」

書庫に入り、懐かしさにミュリエルは目を細める。

王位についてから、ここに来るのは初めてのことだ。

中に入ると、そこはがらんとしていた。本を探している者も、本を読んでいる者も、勉強している者も見当たらない。

「……今日は一日、貸し切ってしまいました」

確かに他に多数利用者がいる状況で、のうのうと女王とその王配が過ごしていたら、警備上大いに問題があるだろう。

ただこの時間、書庫を利用しようと考えていた人たちに迷惑をかけてしまったことも間違いない。

（仕方がないのよね……）

王宮内であっても、ミュリエルとギュスターヴには常に近衛騎士が付き従っている。

それなりに、恨みを買っている自覚はある。

ギュスターヴによって未然に防がれたものの、王位についてから毒を盛られたことも、暗殺者に狙われたこともある。

（かつてと全く同じように、とはやっぱりいかないわね）

気を取り直して、二人で本棚の間を縫うように歩き、読む本を物色する。

いくつか選んで手に取ると、そのまま奥に進み、かつて毎日通った薄暗い場所にある革張りの長椅子のもとへたどり着く。

「ここは、何も変わりませんね」

ギュスターヴも懐かしそうに呟いた。

そして二人で長椅子に座る。——かつてよりも、ずっと近い距離で。

それから本を読み始める。静寂の中、ページを捲る音だけが響く。

読み終えてから深く息を吐き、ミュリエルが本を閉じると、ギュスターブが小さく笑う。

「相変わらず、お読みになるのが早いですね」

「ふふ、そうね。あなたにそう言ってもらって、初めてこれが自分の特技だって知ったのよ」

ミュリエルは文字を画像のように読み取って、頭の中に取り込むことができる。

これが女王となってから、非常に役に立ったのだ。

「何度あなたの書き付け（メモ）に助けられたかわからないわ」

扇の裏に隠されたギュスターヴの書き付けを、チラリと見て即座に頭に叩き込めるからこそ、ミュリエルは女王として大きな失敗なくここまで来られたのだ。

「どうでした？　本は面白かったですか？」

「ええ、面白かったと思うわ。……ただ、不思議と昔のような、ぐっとくる感覚はないのよね……」

それからしばらくして、ギュスターヴも好きな作家の新刊を読み終える。

やはりミュリエルと同じように、少し物足りなさそうな、そして寂しそうな顔をしていた。

「どうだった？　面白かった？」

「ええ。とても面白かったと思います。作者の筆力は変わっていませんね」

そこで一つ、ギュスターヴは深い息を吐いた。

「――ただ、やはり陛下と同じように、かつてと同じ感覚は、湧き上がってきませんね」

現実を知らない子供の頃ならば、ワクワクした場面も、大人になり現実を思い知らされた今では『こんなことはありえない』と冷めた見方をして純粋に楽しめなくなってしまった気がする。

良きにしろ悪きにしろ、時間の流れを前に、変わらずにいられるものなどないのかもしれない。

「……少し、寂しいわね」

「ええ。でも面白いことには違いありません。たまには時間を作って、こう言った娯楽本を読むのも良いですね」

午前中いっぱいは、二人で本を読んで過ごした。

変わってしまったものはあれど、こうして二人で過ごすことは、やはり居心地が良い。

昼時には庭園にテーブルをセットして、昼食をとった。

こんなにもゆっくりとした時間を過ごすのは、本当に久しぶりだ。

夫婦だというのに忙しすぎて、食事すら共にできないことが多かった。

嬉しくてミュリエルの顔が自然とにやけてしまう。

「……午後からは、私にお時間をいただけませんか？　我が君」

そしてギュスターヴから、待ちに待ったそんな誘いを受けた。

彼が忙しい中、今日のために何か準備をしていることは察していた。

よってミュリエルはもちろん喜んで、満面の笑みで頷いた。

するとギュスターヴはミュリエルの手を取って、上目遣いでその甲に口づけを落とす。

夫婦となって一年。あんなことやこんなことも数えきれないほどしているというのに。

（夫が格好良すぎて無理……！）

ミュリエルはときめきのあまり、顔を真っ赤にしてしまった。

美人は三日見れば飽きるというが、彼のこの顔には一生慣れそうにない。

「私と逢引(デート)を致しましょう」

「逢引(デート)？」

「ええ、王都観光をしませんか？　あなたにこの国を見ていただきたいんです」

なんとも魅力的なお誘いに、ミュリエルは飛び上がって喜んだ。

視察等の公務で王宮の外に出ることはごくたまにあったが、私的に外出するのは生まれて初めてのことだ。

「では、お着替えをしましょうね」

タチアナに促され、ミュリエルは用意されていた外出着に着替える。

そのドレスは臙脂色のベルベットで作られており、袖や裾に金糸で蔓草が刺されている。落ち着いた色合いだが、歩くと裾からクリーム色のレースがちらりと見えて、ミュリエルに年齢相応の愛らしさを演出してくれる。

その外出着は女王のものとしては質素で、可愛らしい。

化粧をしないと素朴な顔も手伝って、一般的な貴族の令嬢に見える。

（……つまり変装してお出かけってことかしら？）

一方のギュスターヴは我が国の近衛騎士団の隊服を着ていた。どうやら騎士の変装で出かけるようだ。

（やっぱり夫が格好良すぎて無理……！）

ミュリエルの目が眩んだ。殺す気か、と真面目に思った。心臓に悪すぎる。

常々文官のくせに、彼には何故こんなに実用的な美しい筋肉がついているのだろうかと疑問に思っていたのだが。

「今日は一日陛下の護衛騎士になろうかと思いまして」

顔を真っ赤にして口をぱくぱくしているミュリエルの反応を見て、「喜んでいただけて嬉しいです」とギュスターヴはいたずらっぽく笑った。

ミュリエルが神の書として崇（あが）めている小説の中に、姫とその護衛騎士が主人公の作品があった。

おそらくそれを参照したのだろう。つまり何もかもわかっていてやっているのだ、この男は。

「剣の腕にもそれなりに自信がありますので。ご安心を」

どうやら彼は剣の心得もあるらしい。我が夫は一体どれだけ万能なのか。ミュリエルのときめきはとまらない。

「必ずや私がお守りいたします。我が君」

そう言って騎士のように跪き、演技がかった仕草で手を差し伸べるギュスターヴ。

だからわかっていてそういうことをするのはやめてほしい。あまりにも心臓に悪すぎる。

そしてギュスターヴに誘われるまま、王家のものにしては質素な馬車にミュリエルは乗り込む。

やはり今日はお忍びの外出であるらしい。小説にもよくある内容だ。

ミュリエルは馬車の窓から辺りを見回し、わくわくと道行く人々を眺めた。

公務の時は馬車が通る経路が全て決められており、さらには警備のため周囲が立ち入り禁止にされている場合が多く、この国の人々の生きる姿を見ることができなかったのだ。

（良かった……。そんな酷いことにはなってなさそうね……）

寂れた街並みが広がっていることも、飢えた子供が転がっていることもなく、普通の人々の穏やかな暮らしがそこにはあった。

ミュリエルは、そのことに心の底から安堵する。

馬車はそのまま王都の門をくぐり、進んでいく。どうやら近くの高台へと向かっているらしい。

もともと観光地なのだろう。道は石によって舗装されており、頂上には美しい展望台がある。

ギュスターヴにエスコートされながら、ミュリエルは馬車を降りた。

そこからは、王都とその中心部に位置する王宮が一望できた。

「……美しいでしょう」

ギュスターヴの言葉に、思わず涙が溢れミュリエルは慌てて瞬き（まばたき）をして視界を明瞭にする。

「……ええ。綺麗ね」

自分が王になることで、国民を不幸にしたらどうしようと、本当はずっと不安だった。

なんの能力も才能もない小娘が背負うには、あまりにも背負わされた責任が重すぎて。

「これがあなたが守っているものですよ。我が君」

ギュスターヴが誇らしげに笑った。

そんな彼の顔を見て、ミュリエルは初めて王になって良かったと思った。

いまだに自分が王でいることに、自信は持てないけれど。それでも。

（……頑張ろう）

足元からできることを、できるだけやっていけばいいのだ。

道を間違えたらきっと、ギュスターヴが叱ってくれる。

それから馬車は、王都の色々なところを回った。

市場であったり、職人街であったり、神殿であったり。

その全てを、ミュリエルは万感の思いで見つめていた。

公務の視察としていることはほぼ変わらなかったが、それでもミュリエルは満足だった。

最後に馬車が降りたのは、これまで見てきた中でも最も整備され洗練された美しい街並みだった。明らかに富裕層向けの贅沢な門構えの店が並んでいる。

「こちらには我が国が誇る高級ブティックが並んでいます。一緒に見てみませんか？」

（ちゃ、ちゃんと逢引（デート）っぽいわ……！）

ミュリエルは興奮した。これはタチアナの嗜んでいる恋愛小説でよく見る展開である。

『こんなにいただけません……！』とかなんとか恐縮し遠慮する謙虚なヒロインに、ヒーローが『君のためならなんてことはないさ』となんとか言って湯水のように無理やりドレスやら宝石やらを買い与えるやつだ。

正直あまり真面目に読んだことはなかったが、それくらいのことはミュリエルだってちゃんと知っているのである。

（でもここで恋愛小説のヒーローのようにギュスターヴが私に何かを買ってくれたとしても、そのお金は国庫から出てるってことになるのかしら……）

考え出したら一気にときめきが激減したので、ミュリエルはそれ以上考えないことにした。

せっかくなのだ。この雰囲気を楽しもうではないか。金の出所などを考えるのは、無粋というものである。

ギュスターヴが先に馬車を降り、ミュリエルに手を差し伸べる。

ミュリエルは微笑んで彼の手を取り、馬車を降りようとした、次の瞬間。

「きゃあっ……！」

突然ギュスターヴがミュリエルを思い切り突き飛ばし、馬車の中へと戻した。

息が詰まる中、一人の男がギュスターヴに切り掛かる姿を視界の端にとらえ、ミュリエルの心臓が凍りつく。

「ギュスターヴ……！」

「私は大丈夫ですから！　馬車の中で大人しくしていてください……！」

刺客をあっさりと斬り倒したギュスターヴに厳しい口調で言われ、ミュリエルは馬車の奥に駆け込むと身を小さく縮めた。

（狙われているのは、多分私……）

お忍びとはいえ、何人か護衛の騎士はついている。だが刺客は一体何人いるのか。

自分が殺されるかもしれない恐怖よりも先に、ギュスターヴを喪うかもしれない恐怖にミュリエルは震えた。

「逃すな！　殺すな！　生かして捕らえろ……！」

剣戟と怒号が響く、永遠にも感じる時間の後、ギュスターヴの命じる声が聞こえた。

どうやら無事刺客達は退けられたようだ。ミュリエルは心底安堵する。

だがいったい誰が、自分に刺客を送りつけてきたのか。

（心当たりが多すぎてわからない……！）

まさか自分が、こんなにも人の恨みを買いながら生きることになろうとは。

息を潜めて生きていた頃からは考えられないと、ミュリエルは思わず自嘲する。

騎士たちに細かな指示を与えた後、ギュスターヴが息を切らせて馬車の中に戻ってきたが、彼が身に纏っている近衛騎士の隊服は、血に塗れていた。

白を基調にしているからか、その赤が余計に鮮烈に見える。

「ぎゅ、ギュスターヴ……！」

　他人の血を見慣れないミュリエルが思わず悲鳴をあげれば、ギュスターヴは慌てて血まみれになった上着を脱いで座席に放り投げた。

　中のシャツには、それほど血はついていなかった。

「大丈夫です。全て返り血ですよ。これでも私は、強いんです」

　実は国の剣術大会でも何度か入賞しているのだと戯けたように言って、ギュスターヴはミュリエルを安心させるために微笑む。

　確かにどうやら彼自身は、傷を負ってはいないようだ。

　だがそれでもミュリエルは、衝撃を受けていた。

　今ギュスターヴは、刺客とはいえ、人を傷つけてきたばかりだ。

　だというのにいつも通り泰然として、余裕すら感じられる様子だ。

（……ギュスターヴはこういう状況に慣れているということね……）

　ギュスターヴは、ラスペード侯爵家の三男である。

　長男ならともかく、本来なら頻繁に命を狙われるような立場ではない。

　つまり彼は王配の地位についてから、幾度も命を狙われていたということで。

　そしてこれまで幾度もの死線を潜り抜けてきた、ということで。

　こんな世界に彼を巻き込んだのは自分だ。ミュリエルは酷い罪悪感に苛まれた。

「――我が君。先ほどはご無礼をいたしまして申し訳ございません。お怪我はありませんか？」

それなのにギュスターヴは自分よりもまず、ミュリエルのことを心配するのだ。

（……多分この一年。似たようなことがたくさんあったのでしょう）

ただ王宮の奥深くで守られていた愚かなミュリエルは、気づかなかっただけで。

先ほど強く突き飛ばしたからだろう。ギュスターヴはミュリエルに怪我がないか、その体に触れて確認していく。

その優しい手つきに、ミュリエルの両目からぽろっと涙が溢れた。

それを見たギュスターヴが、明らかに動揺を見せる。

「お忍びの体をとっていましたが、実は国軍の腕利きを集めた一部隊を、陛下の視界には入らないようにして引き連れていたんです。思ったより堪え性がない連中だったようで、想定よりも早く襲撃されましたが、目論見通り刺客は全て捕らえましたし、問題ありません」

窓から外を眺めれば、刺客と思われる男たちを私服姿の騎士たちが拘束し、自害しないよう猿轡をさせている。

その私服姿の騎士たちの何人かに見覚えがある。ギュスターヴがミュリエルにつけている護衛騎士だ。

それに気づいたミュリエルの心が、一気に冷えた。

「……目論見って、どういうことかしら？」

つまりギュスターヴは、この逢引の間に襲撃に遭うことを知っていたということか。

ミュリエルの涙に動揺し、ギュスターヴは喋らなくても良いことまで喋ってしまったようだ。彼にしては珍しい失態である。

「……ギュスターヴ？」

問いただすように彼の名を呼べば、思った以上に低い声が出た。

ギュスターヴは己の失言に気付いたのだろう。困ったような顔をして、深いため息を吐く。

「王宮内に密偵がいることを把握しておりましたので。誘き出そうとあえて今日のことについて王宮の使用人たちに口止めをしなかったのです。ミュリエル様との逢引のついでに、周辺を彷徨いている密偵や刺客どもを一掃してしまおうかと思いまして……」

「……なるほど」

やはり低く冷たい声が出てしまった。

つまりギュスターヴは、逢引という名目で王宮の外に出て、ミュリエルと自分を囮にしたということか。

警護がされた王宮内で、国王夫婦を害することは難しいから、あえて誘き出すために。

いつにないミュリエルの冷ややかな雰囲気に、ギュスターヴが珍しく慌てた表情を浮かべた。

そういえばこんな風に彼に対して怒りを向けるのは、出会った時以来かもしれない。

王配という立場を無理矢理押し付けたという引け目があったため、結婚してからというものミュリエルはギュスターヴにあらゆる面で寛容であった。

そのことに彼も慢心していたのだろう。まさかミュリエルがここまで怒るとは思っていなかったようだ。

「もちろん、陛下の安全には万全を期しておりましたし、いざとなれば私が身を挺してお守りするつもりで――」

どうやらギュスターヴは、ミュリエルが囮にされたことを怒っていると思っているようだ。

もちろん囮にされたことについて少々思うことはあるが、ミュリエルの怒りは、まったく違う方向だった。

（今日は仕事はしない、休暇だって言ったのに……）

結局いつも以上に働いているのは一体何故なのか。仕事中毒にも程があるだろう。

（しかも襲撃があるのなら、前もって教えてくれたらよかったのに……！）

たとえ戦力にはならずとも、心の準備はできたはずだ。

前もって伝えてしまえば、小心者のミュリエルが怯えて、作戦を台無しにするとでも思ったのだろうか。

（……辛い）

ミュリエルは、この国の女王であるはずなのに。

相変わらず信用がなく、皆に侮られているのだ。

先ほど女王として頑張ろうと、決意を新たにしたばかりであったのに。

ミュリエルの心が、じくじくと痛んでやまない。

（……傀儡でもいいと言ったのは、自分自身なのに）

「……陛下。ここはもう安全ですので、気を取り直して共に店を見て回りませんか？」

怒りと悲しみに震えるミュリエルを宥めようとして、ギュスターヴが取り繕うように言った。

いつもだったらミュリエルは、手放しに喜んで彼の誘いを受けて、ついていったことだろう。

だがとてもではないが、今はそんな気には微塵もならなかった。

「……もういいわ。王宮に帰りましょう」

涙をぐいっと腕で拭いミュリエルが素っ気なく言えば、ギュスターヴは途方に暮れた顔をした。

帰りの馬車の中では、お互い一言も言葉を交わさなかった。

会話は礼節上、身分の高い者から身分の低い者へ話しかけることが基本である。

身分の低い者が、気安く身分の高い者へ話しかけないように作られた仕組みであるらしい。

確かに身分の高い者に取り入ろうとする煩わしい人間は多い。王となればなおさらだ。

つまり公的な場ではミュリエルから話しかけなければ、ギュスターヴとの間に会話は成り立たない。

だんまりを決め込んだミュリエルを、ギュスターヴが何か言いたげな顔をして見つめている。

子供っぽいことをしている自覚はあったが、どうしても胸に詰まったもやもやとするものを、無くすことができなかった。

その行動がギュスターヴを傷つけていることもわかっていた。罪悪感でひどく胸が焼ける。

――それでもどうしても、今は彼と話したくなかったのだ。

楽しい休日のはずが、幸せな逢引のはずが、とんだ大惨事だ。

王宮に帰るとミュリエルはすぐにギュスターヴから離れ、自室に籠もった。

今日はもうこれ以上、彼と顔を合わせたくなかったからだ。

もちろんこんなことも、出会ってから初めてだった。

公的に一人で行動することを恐れるミュリエルは、常に自主的にギュスターヴの側にいた。

あらゆることをギュスターヴに相談、確認しなければ不安だったからだ。

だからこうして自分からギュスターヴの元を離れようとすることなど、これまでなかった。

ギュスターヴは迷子になった子供のような顔をしていたが、振り切った。

ちょっと可愛いな、なんて思っていない。少ししか。

だって休暇なのだ。今日くらいゆっくりしたところで、文句を言われる筋合いはないだろう。

寝台の上で丸くなって、ミュリエルは泣いた。

「ミュリエル様……大丈夫ですか?」

どれくらいの時間が経ったのか。扉が叩かれ、外からタチアナの声が聞こえてくる。

おそらく今日の出来事を、ギュスターヴから聞いたのだろう。

そして彼の依頼で、ミュリエルの様子を窺いにきたのだろう。

「ミュリエル様。入ってもよろしいですか? 返事がないようなら入りますよー」

返事をしないミュリエルに焦れたらしい。いきなり最終通牒に切り替えてきた。

相変わらず主君に対し、敬意を持たない臣下である。

このまま一人でいたい気もしたが、そんな繊細な乙女心をタチアナが理解してくれるとは思えなかった。

「……ええ」

ミュリエルが入室を許可すると、静かに扉が開かれ、タチアナが入ってくる。

そして毛布を被り憔悴したミュリエルの顔を見て、困ったように眉を下げた。

「随分と落ち込んでおられますね」

ミュリエルは下を向いて、涙を堪えた。こんなに気持ちが落ちたのは久しぶりだ。

どんなに人に馬鹿にされても、見下されても、暴力を振られても。こんな気持ちにはならなかったといいのに。

「お話しなら聞きますよ。愚痴でも罵詈雑言でも、なんなりとおっしゃってください」

タチアナが胸を拳でドンと叩いて請け負ってくれる。

タチアナが妙に優しい。ミュリエルは動揺した。明日は嵐かそれとも雪か。

「やはり落ち込んでおられるのは、ギュスターヴ様に囮にされたからですか？」

どうやらタチアナも、それが原因だと思っているらしい。ミュリエルは首を横に振った。

「……違うわ。私の命は元々ギュスターヴに託しているのだもの。それをどう使おうが彼の勝手でしょう」

「それもまたどうかと思いますけれどねえ……正直重すぎるというか気持ち悪いというか」

前言撤回である。やはり今日も安心安定のタチアナである。

泣きそうなので、できればもう少し手心を加えてほしい。

「……多分私は、信用してもらえなかったことが寂しかったのだと思う。私を女王だと仰ぎながら、皆本当に重要なことは、私に話してくれないんだもの」

素直な気持ちを吐露すれば、じわりと視界が滲んだ。

結局自分はただのハリボテで。それ以外に価値がないのだ。

「うーん。それを言われてしまうと、私も色々と秘密の多い身なので心苦しいのですが」

そしてタチアナにも、何やら色々と秘密があるらしい。

しかもミュリエルが知ったら、衝撃を受けてしまうようなとんでもない秘密な気がする。

それを堂々と隠している本人に言ってしまうあたりが、実にタチアナらしいが。

一体何だろうと気になってタチアナをじっと見つめたが、彼女は肩をすくめて苦笑した。

「もちろんミュリエル様にも教えるつもりはありませんよ」

「やっぱり皆、隠し事が多いのね」

「いやあ、ミュリエル様も色々と面倒なことをお考えになるようになりましたね。自尊心が出てきたということでしょうか。良い傾向です」

相変わらず褒められているのか貶されているのかわからない。ミュリエルは拗ねた。

「良いですか？　ミュリエル様。もちろん悪意を持ってあなたへの情報を遮断する者たちもいるでしょう。ですが私やギュスターヴ様は、あなたのことを信用していないのではなく、あなたは知る必要がないと判断したからこそあえて言わないのです。それでなくともお人好しで心優しく流されやすい上に一度心が折れると立ち直るのに時間がかかるあなたを傷つけまいとしての前向きな沈黙と考えていただければ」

なにやら一息で言われた。やはり褒められているのか貶されているのか、全くわからない。

拗ねて小さく唇を尖らせたミュリエルを見て、タチアナはくすくすと声をあげて笑った。

「そういうものかしら」

「そういうものですよ。ミュリエル様だって、ギュスターヴ様に自分が王族であることを『あえて』ずっとお伝えしなかったのでしょう」

「…………」

ぐうの音も出ない、とはこのことだとミュリエルは思った。

知っても良いことなど一つもないのなら、知らなくていいと確かに自分も思ったのだ。

わざわざ彼に話す必要などないと。

そのことでギュスターヴを傷つけたのに。同じことをされて傷ついているなんて。

（……馬鹿みたいだわ）

タチアナの言う通りだ。己の愚かさにミュリエルは猛省した。

あの日ギュスターヴが怒った理由がよくわかった。

彼はきっと、ミュリエルから信用されていないことが辛かったのだ。

「……あとでギュスターヴにも謝ってくるわ」

「権力を手に入れると、不思議と人の話を聞けなくなる連中が多いんですけれど。そんなふうに人の指摘や助言を素直に受け入れるところはミュリエル様の良いところですね。まあ、別に謝らなくても良いと思いますよ。実際ギュスターヴ様の行動には大いに問題がありましたし」

そしてタチアナはミュリエルを宥めるように、その背中を撫でてくれる。

「ただ一方的に相手を無視するような真似はやめましょう。会話を拒絶されるのは、なかなかに堪えるものです。ミュリエル様に冷たくされたのが余程の衝撃だったのか、あのギュスターヴ様が心ここに在らずといった感じで、本棚の角に足の小指をぶつけて悶えたり、階段を踏み外して転びそうになったりしていましたから」

え、何それ見たい。とミュリエルは素直に思った。

あの完璧そうに見えるギュスターヴにも、そんなお茶目（ちゃめ）なところがあるとは。

しかも彼がそうなった原因が、ミュリエルとのちょっとした諍（いさか）いだなんて。

ミユリエルは思わず、くすくすと声をあげて笑ってしまった。

自分が彼にとって、それほどの衝撃と動揺を与えられる存在なのだと思うと、少し胸がすく思いがした。

そんなミユリエルを微笑ましげに見つめたあと、タチアナは一つ深いため息を吐いた。

「それともう一つ。こちらは悪い知らせがありまして。後ほどギュスターヴ様からも報告がいくかと思いますが、先ほど捕えられた刺客が口を割ったそうです。……どうやらフィリドール王国の手の者だったそうで」

タチアナが心底面倒くさそうに、肩をすくめた。

それを聞いたミユリエルの全身から、血の気が引く。

まさか他国からの刺客だとは思わなかったのだ。

他国が絡むとなれば、問題が一気に複雑になる。

フィリドール王国は国境を接する、ミユリエルの二番目の異母姉が嫁いだ国だ。

ミユリエルが死ねば異母姉に王位継承権が戻り、フィリドールがこの国の統治権を主張できるとでも思ったのだろうか。

くだらないことでいじけている場合ではなかったと、頭を切り替えたミユリエルは寝台から飛び起きる。

「早急にフィリドール王国に抗議をしなくてはならないわね」

女王であるミュリエル自ら抗議文を送れば、彼の国も無視はできないだろう。

すっかり女王らしくなったミュリエルを見て、タチアナが誇らしげに笑う。

「ギュスターヴ殿下がすでに動いておられます。おそらく前王陛下の第三側妃様が今頃捕らえられているでしょう」

「……なんですって？」

第三側妃には二人の子供がいる。そのフィリドール王国に嫁いだ第二王女と、あの第三王子だ。

「実はフィリドール王国から、『我が国にエルヴァシス王国の正しき王位継承者がいる』との国書が先日届いていたんです。ギュスターヴ様のところで止まっていたようですが」

「……私は聞いていないわ」

「……ミュリエル様があの屑王子を恐れていることを、ご存じだからでしょうね」

つまりフィリドール王国に保護されているのは、この前王の第三王子でありミュリエルの異母兄であるファビアンということだろう。

確かにこの国の王子で生き残っている可能性があるのは、第三王子のみだ。

彼を思い出して、ミュリエルの足が震えた。

それはミュリエルにとって、できれば二度と会いたくない存在だった。

ミュリエルを一方的に貶め、蔑み、暴力を振るった、最低最悪の相手。

今でも時折、彼に馬乗りにされて殴り殺される悪夢を見る。

ミュリエルが彼につけられた心の傷は未だ乾くことなく、膿んだままなのだろう。

「──あの阿呆王子は、王位継承権争いに巻き込まれて殺されることが嫌で、この国を出て姉の嫁ぎ先に逃げ込んでいたようです」

父が病に倒れてすぐに、第三王子は行方不明になっていた。

おそらく死んだのだろうと思って安堵していたのだが、どうやらのうのうと隣国で保護されて生きていたらしい。

第一王子と第二王子の王位継承権争いが激化したことで、自分も殺されるかもしれないと怯えて姉を頼りこの国から逃げ出したようだ。

そしてミュリエルとギュスターヴの尽力により、エルヴァシス王国の国情が落ち着いたところで、図々しくも王位継承権を主張し始めたということか。

「本当に烏滸がましいったら……どこまで屑なのでしょうね。恥をお知りになれば良いのに」

タチアナが苦々しく辛辣な言葉を吐く。普段なら言い過ぎだと窘めるのだが、流石のミュリエルも深々と同意してしまった。

きっと彼は何の知識も後ろ盾もない愚かなミュリエルが王に即位したところで、まともに国家運営などできないと思っていたのだろう。

ミュリエルが様々な失策したところを、救世主のように現れて彼女を玉座から引き摺り下ろし、自分が王として即位するという計画でいたのかもしれない。

けれど蓋を開けてみればギュスターヴのおかげで国は滞りなく運営され、ミュリエルは善き女王として国民に認識され始めた。

おそらく彼は慌てたことだろう。こんなはずではなかったと。

そしてこれ以上ミュリエルの評価が高まる前に、彼女から王位を奪い返そうとしたのだ。

きっとファビアンからすればそれは正当な権利であり、ミュリエルのような妾腹の王女が王になっていること自体、許し難いことなのだろう。

ミュリエルとギュスターヴには未だ子がいないため、彼が本物だと認められれば少なくとも第一王位継承権を手に入れることになる。

結婚して一年。ギュスターヴとの間に未だに子供がいないことが酷く悔やまれる。

「……それで私が狙われたということね」

子供を残さずミュリエルが死ねば、間違いなくファビアンがこの国の次の王になる。

そしてこの国は彼を保護し持ち上げていたフィリドール王国からの干渉を、受けざるを得ない状況になるだろう。

（そんなこともわからないなんて……！）

国としての主権を安易に譲り渡そうとするファビアンに、ミュリエルは怒りを持つ。

「――そんなこと、させないわ」

そもそもあの悪辣なファビアンを、この国の王になどさせたくない。

嗤いながら楽しそうに自分を殴る彼の姿を思い出し、ミュリエルはぶるりと体を震わせた。

「では、どうなさるおつもりですか？」

「……そうね。とりあえず、何も思いつかないからギュスターヴに相談してみるわ」

それを聞いたタチアナは、我が主人は本当に正直だと吹き出した。

わからないことは素直に聞く。それは簡単なようで案外難しい。

「そうですね。それがよろしいかと思います。ついでに仲直りもしていらっしゃいませ」

そしてミュリエルは夕食を共に摂りたいと、タチアナを通してギュスターヴに伝えた。

それから彼に話したいことを、頭の中で整理する。

約束の時間に食堂に行けば、すでにギュスターヴが席に着いていた。

いつものキラキラが随分と減っていて、明らかに憔悴している。

普段どれほど疲れていても、全く表に出さない彼が。

珍しいこともあるものだとミュリエルは笑う。

妻にそっけない態度を取られたことが、相当衝撃であったらしい。

確かに彼に対し、冷たい態度を取ること自体が初めてだった。

さて、何と声をかけようかとミュリエルが頭を巡らせたところで。

「我が君。……誠に恐縮ですが、先に申し上げてもよろしいでしょうか」

身分の高い方から最初に口を開く、という礼儀を破り、ギュスターヴが深刻そうな顔で言った。

礼儀を守るのは身を守ることだと言って、頑なにいつもミュリエルの言葉を待っていた彼が。

ミュリエルは驚いて、目を見開いた。

「ええ。なにかしら?」

珍しいことが続くなあ、などと呑気に先を促せば、ギュスターヴは覚悟を決めたように口を開いた。

「……この度の件、誠に申し訳ございませんでした。どうやら私は図に乗っていたようです」

安全は確保しているつもりだったが、実際にミュリエルを囮のように扱ったことは間違いない。

しかも休暇だと言いながら、こうしてミュリエルを自分の画策に勝手に巻き込んだ。

それが国の利益となるならば、自分が何をしてもミュリエルならきっと笑って許してくれる。

そう、思い上がっていたのだと。

　思った以上にギュスターヴの声が悲痛に塗れていて、思った以上に彼を傷つけてしまっていたことに、ミュリエルは胸が痛くなる。

「我が君がご不快になるのも当然のことだと、今更ながらに思い至りました。――ですが、どうか私に、今一度挽回（ばんかい）の機会をいただけないでしょうか」

まるで縋るような言葉で詫び、許しを乞うギュスターヴに、思わずミュリエルは唖然としてしまった。

（そ、そこまで……⁉）

まるでタチアナの愛読書に出てくる、ヒロインに捨てられまいと縋り付くヒーローのような構図になっている。

自尊心の高い男が、何もかもを投げ打ってヒロインに愛を乞う姿がたまらないのだとタチアナが言っていた。

なるほど、こんな感じなのかとミュリエルは現実逃避気味で思った。

ミュリエルの認識では夫婦間のささやかな諍いのはずだったのだが、ギュスターヴの中では、離婚寸前の大惨事に昇華してしまったらしい。

どうやら彼は未来を予測しすぎるその賢い頭で、悪い方向へとばかり思考を巡らせる癖があるようだ。

ミュリエルが怒るという滅多にない事態に、慌て混乱してしまったのだろう。

「……私も大人気なかったわ。ごめんなさい」

もはや意地を張る気にもなれず、ミュリエルが素直に謝れば、ギュスターヴが手で顔を覆い長い息を吐いた。

「捨てられるかと思いました……」

「何で⁉　捨てないわよ⁉」

どうやら彼は、最終的にミュリエルに捨てられる未来まで想定してしまったらしい。

「あなたに捨てられたら、私に存在意義はありません」

それはむしろミュリエルの方である。ギュスターヴに捨てられたらこの国は間違いなく沈む。

「ギュスターヴ……あなたがいなければ、私は女王になれなかったわ。捨てられて困るのは私のほうよ」

それどころか、今頃とっくに殺されていただろう。

「……そうとは限りませんが、そう思っていただけるのならありがたいですね」

タチアナの言う通り、ギュスターヴにはまだ秘密がたくさんあるのだと思う。

だが間違いなく彼は、ミュリエルを裏切るような真似はしないだろうと確信できた。

主君として、妻として、彼の全てを把握する必要はない。

ギュスターヴが、ミュリエルを大切に思っている。――それさえわかっていればいい。

「では、これで仲直りってことでいいかしら？」

くすくすとミュリエルが笑って言えば、ギュスターヴも安堵したように、顔を綻ばせた。

「……っ！」

夫のキラキラが復活して、目と心臓に悪い。ミュリエルはその場で悶え苦しむ羽目になった。

やっぱり大概のことはこの顔で許せてしまうかもしれない。超面食いな己が憎い。

それからギュスターヴに、先ほどの襲撃についての報告を受ける。

そしてフィリドール国に逃れた、ファビアンのことも。

それらは先ほどタチアナから聞いた話と、大体同じ内容だった。

よく考えてみれば彼女も不思議な存在である。今ギュスターヴが話している内容は、おそらく機密事項であろう。

それをタチアナは、当然のように知っていたのだ。やはり彼女は、ただの女官ではないのかもしれない。

「第三側妃様がフィリドールに我が国の情報を流していたことを自白いたしましたよ。子供達のためだったと泣いておられましたが、売国行為であることは間違いありませんね」

「……ではまずは、フィリドールに抗議しなくてはね」

「そうですね。それに追加して、我が国ではファビアン王子は死んだものと認識している、と書いてやりましょう。ですので奴はそちらの国で、煮るなり焼くなりお好きにどうぞと」

なんせ今この国の王はあなたですから、ファビアンなど今更わが国にはいらないのですよ、と言って、ギュスターヴはにっこりと笑った。

その笑顔は美しいのに、先ほどとは違い、何やら背筋が凍る。

そしてどうやらギュスターヴも、ファビアンのことが嫌いらしい。

「さて、先方はどういう行動をとってきますかね。そのままファビアンをあっさり殺してくれるかもしれませんし、ファビアンこそが王位継承者であると言って兵士を貸し、わが国へ侵攻してくるかもしれませんね」

殺伐としたことを口にしながら、なぜかギュスターヴはわくわくと楽しそうだ。

やはり頭の良い人間の考えることはわからないと、ミュリエルは思った。

食事を終えると、ギュスターヴが席を立ち、ミュリエルの元へ歩み寄る。

そしてその足元に跪き、ミュリエルへ手を差し出した。

「まだ今日は終わっておりません。どうかあなたを甘やかさせていただけませんか？」

そういえば、今日はまだ休暇だった。すっかり忘れて仕事の話ばかりしてしまったが。

ギュスターヴがミュリエルの返事を待って、緊張している。

おそらく先ほどミュリエルが「もういいわ」と冷たく突き放したときのことを思い出しているのかもしれない。

なんせギュスターヴは、悲観主義なのだ。

「ええ、もちろんよ！」

困った人だとミュリエルは笑って、ギュスターヴの手を取った。

第五章　キングメイカー

――フィリドール王国へ抗議の国書を送ってから一ヶ月後。

女王ミュリエルの勅命により貴族の当主たちが緊急招集され、王宮にて議会が開かれた。

こんなことは、女王が即位して初めてのことだ。

一体何事かと、その場を妙な緊張感が走っていた。

「――申し上げます！」

すると開会して一刻も経たずして、緊急であると伝令兵が議会場に慌てた様子で入ってきた。

「フィリドール王国の軍が国境を破り、侵攻を始めました！　その軍を率いているのは、陛下の異母兄君であられるファビアン殿下であるとのこと！」

議会の最中、伝令兵が女王ミュリエルの元へ走りよって伝える。

あえてこの場にいる皆に聞こえるように、大きな声で。

会場中にざわめきが走った。

（やっぱりきたのね……）

ミュリエルは暗澹とした気持ちになる。

できれば戦争は避けたかったが、もうここまできたら無理だろう。

どうやらフィリドール王国は、ファビアンに兵士を貸し出すことにしたようだ。

豊かな土壌と様々な地下資源に恵まれたエルヴァシス王国の富に、欲を出したのだろう。

兵を借りるために、どれだけのものをフィリドールに差し出したことやら。

（国土かしら、それとも我が国の関税の免除かしら）

そしてファビアンは『エルヴァシス王国の正当な王は私である』などと宣っているらしい。

ミュリエルはぱらりと扇を開いて、これみよがしに深いため息を吐いた。

「困ったわねえ。そうは思わない？　オクレール卿」

ミュリエルが話しかけたのは、先王陛下の第三側妃の父であり、第三王子ファビアンの外祖父であるオクレール伯爵だ。

彼は何も言えずに真っ青な顔をして、カタカタと体を震わせている。

「ギュスターヴ」

「――は、我が君」

名を呼ばれたギュスターヴは、高らかに宣言する。

「現時刻をもって、ファビアン・アジェ・エルヴァシスは我が君に害をなす反逆者となりました。そしてもちろんオクレール卿。あなたもです」

ギュスターヴの声に、すぐさま近衛騎士たちがオクレール伯爵を拘束する。

この国の国民である以上、反逆者はいかなる理由があろうと死罪だ。——王族を除いては。

周囲にいる貴族たちも顔色を悪くし、拘束され縋るように周囲を見渡す伯爵から、必死に目を逸らす。

「オクレール卿。あなたは反逆者ファビアンが率いるフィリドール軍に、私軍を合流させるよう様々な家に無差別に声をかけて回っていたそうですね」

もしファビアンが王になったら、さらに上の爵位と金を渡すと唆して。

「それはつまり叛逆です。いやあ、堪え性のない短絡的な人間ばかりでありがたいですね。おかげで我が君に仇なすものたちを炙り出せます」

ミュリエルが周囲を見渡せば、何人かの貴族や地方領主が血の気の引いた真っ青な顔をしている。

おそらくファビアンに力を貸すと、約束してしまった者たちだろう。

証拠を隠滅したくとも、議会場の扉は固く閉ざされ、近衛騎士たちが守っている。

ここから抜け出す術も、外と連絡する術もない。

つまりこの緊急招集は、女王たるミュリエルが公開断罪をするために行ったものだと貴族たちは気付いただろうか。

「そ、そんなことよりも陛下！　すぐに国軍を国境に差し向けねば……」

何人かの貴族が誤魔化すように声をあげるが、ミュリエルは彼らを冷たく見やり、黙らせる。

「あなたたちに言われるまでもなくてよ。とっくにフィリドールとの国境周辺には国軍を待機させてあるわ。あなたたちの私軍が合流する前に、ファビアンの軍は鎮圧されるでしょう。残念ね」

扇の裏側に貼り付けられたギュスターヴ作の台本通りに言葉を紡ぎ、ミュリエルはにっこり笑った。

すでに彼らの情報はすべて、ギュスターヴの情報網によって把握されていた。

一体誰がファビアンの協力者となったのか。一体どれだけの兵を彼に送ったのかすらも。

「素直に罪を認めるのなら、命乞いくらいは聞いてあげても良くてよ」

ミュリエルは必死に扇の裏のメモを、極力冷たい声で読み上げる。

そしてこの文章をギュスターヴが真面目にせっせと書いているのだと思い、つい顔がニヤけてしまいそうになるのを必死に堪えた。

その表情が不敵な笑みに見えたのか、貴族たちは震え上がり、力なく項垂（うなだ）れた。

こうして臣下の中から裏切り者を炙り出しただけで、ファビアンの起こした反乱はあっという間に鎮圧された。

フィリドール王国も、実のところファビアンにそれほど期待をかけていなかったようだ。彼が貸し与えられた兵士の数は損切りができる範囲でしかなく、ミュリエルが送り込んだ国軍の兵士の数を遥かに下回っていた。

しかも正規の兵士よりも傭兵(ようへい)が多く、その質も低い。

あっけなく、ファビアンの軍は駆逐され、彼は捕らえられた。

どうやら多くの貴族たちが自分に賛同し、援軍を送ってくれると彼は信じていたようだが、先んじてその情報を得ていたギュスターヴによって、それらは未然に防がれた。

そしてなにより、ファビアンを支持する貴族自体が少なかった。――なぜならば。

見せつけるように王冠を被り、豪奢なドレスを纏い、玉座に座ったミュリエルの前に、捕らえられたファビアンが引っ立てられてきた。

正直なところ顔を見たくはなかったが、王族である以上この国の刑法の適用外であり、女王であるミュリエル以外に彼を裁ける人間がいなかったのだ。

一ヶ月ほど獄中生活を送っていたという彼に、かつての面影はない。

かつてのふっくらとした体は痩せ、いつも綺麗に整えられていた髪は艶を失ってボサボサだ。

「――面を上げよ」

ミュリエルの声に、のろのろと顔を上げるファビアンは、彼女の美しく着飾った姿と頭上にある王冠に顔を歪めた。

ミュリエルは王で、ファビアンは罪人だ。

その差は天と地ほどに離れているのに、彼の顔を見た途端、ドレスの裾下のミュリエルの足が震えた。

そんなミュリエルの怯えに気付いたのか、ファビアンの目が力を取り戻す。

相変わらず人の弱さや脆さには、やたらと聡い男である。

「正当な王位継承者は私である……！　そこの生まれの卑しい小娘ではない！」

そして大きな声で怒鳴った。

その怒鳴り声に、ミュリエルの体が竦む。

心身に彼の声が、恐怖の記憶として残っていた。

臣下たちの目が、一斉に自分に向けられている。

（……だめ。堂々としていなくちゃ……！）

本当は自分が王に値しないことなど、誰よりも自分がわかっている。

「しかもその娘は所詮傀儡に過ぎず、王配であるギュスターヴによって操られているのだ！　王族でもない男に、この国を牛耳らせる訳にはいかない！」

臣下たちが、明らかに動揺している。

おそらく同じようなことを考えている者たちは、少なくなかったのだろう。

その言葉はあながち間違っていないので、臆病なミュリエルの心臓が更に縮み上がった。

「反逆者は貴様らの方だ！　私こそが、この国の王に相応しい！」

その空気に自信をつけたのか、ファビアンは許しも得ずに勝手に立ち上がり、恍惚とした表情で言い放つ。

「女王陛下を愚弄するつもりか……！」

ミュリエルの隣に控えていたギュスターヴが怒り、声を荒らげた。

「なんせ我が異母妹はおつむが弱いからなぁ。その顔で足でも舐めてやれば、権力を得るのはさぞかし簡単なことだったろう。王配殿下とやら」

ファビアンは、そんなギュスターヴを嘲る。

「――貴様！」

怒り狂ったギュスターヴが腰にある剣に手をかけ、この場でファビアンを切り捨てようとした、その時。

「……我が夫を愚弄するつもりか？　王族でありながら、命惜しさに逃げ回っていた分際で」

ミュリエルの口から、温度を感じさせない冷たい声が出た。

自分が蔑まれ、見下されるのはいい。それは仕方のないことだ。

——だが、それをギュスターヴにするのは許せない。

彼がミュリエルのために、このエルヴァシス王国のために、どれだけのことをしてくれたのかも知らないで。

(……ふざけないで……！)

腹の底から湧き上がるのは、純然たる怒りだ。だというのに一方で妙に冷静な自分がいた。

そのおかげかギュスターヴの台本にはない言葉が、驚くほどスラスラと口から出た。

ミュリエルから発される女王としての威厳に、ファビアンが明らかにたじろぐ。

そう、この男は昔から弱い者や怯えている者には強気に出るが、自分より強いと思った相手には怯え、媚び諂う人間だった。

こんな男が王になれば、この国はどうなってしまうことか。

(そんなこと、絶対にさせないわ)

この場で完膚なきまでに、彼を叩き潰してしまわなければ。

彼を王になどと考える者が、一人たりとも現れないように。

「ファビアンお兄様。あなたが一人で名乗り出ていたのなら、私はこの玉座から引き摺り下ろされていたかもしれません。けれど臆病者のあなたはフィリドール王国の後ろ盾を選んだ。それが我が国を売り払うような行為だとわかっていて」

兵を借りるために、フィリドールにどんな条件を呑まされたのですか？　と嘲笑うよう
に聞いてやれば、ファビアンは青ざめ、口を噤む。

ファビアンがいくつかの鉱山を含む国境付近の領地を、フィリドールに渡そうとしてい
たことは、調べがついている。

それによりエルヴァシス王国がどれほどの痛手を受けるかも考えずに。

ミュリエルから王位を奪いたいという、個人的な欲望のために。

臣下たちもこの男がこの国を切り売りしようとしていたことを、思い出したのだろう。

この場の風向きが、一気に変わる。

「この国がつつがなくあるのは、我が夫ギュスターヴの能力があってこそ。無能なお兄様
では到底無理なことでしょう」

「なんだと……！　貴様！　売女の娘ごときが……！」

ああ、そうやって血を理由によく罵倒され、殴られていたなとミュリエルは思い出す。

ギュスターヴがミュリエルの元に戻ってきて、恭順を示すように跪いてくれる。

もう怖いものなど、何もなかった。

「誰に口をきいているのかしら？　今は私が王よ。そして私はこの座から降りる気はない。

――さあ！　そこの反逆者を連れて行ってちょうだい。もちろん地下の牢獄へね。そして

死ぬまで二度と出さないで」

ミュリエルの命令に従い、近衛兵たちによって引きずられるようにファビアンが連行されていく。

何やら聞き苦しい言葉を叫んでいるが、ミュリエルはもう気にもならなかった。


その夜、なれぬことをして疲れ果てたミュリエルが寝室に行くと、すでにギュスターヴが待っていた。

いつもと逆の構図に、ミュリエルは驚く。

「――我が君」

手を広げて呼びかけられて、ミュリエルは無意識のうちに彼の胸の中にすっぽりとおさまる。

しばらく宥めるように背中を撫でられて、心地良さにうっとりする。

ファビアンの言う通り、ミュリエルはギュスターヴの傀儡で、ただのハリボテの女王だ。

だがそれでも国家運営は滞りなく進んでいる。だったら何の問題もない。

（まあ、傀儡とかハリボテとかにしてはやたらと働かされている気がするけれど……！）

「今日初めて、自らを王と認められましたね」

優しい声で言われて、ミュリエルは目を見開いた。

そしてファビアンとの言葉の応酬で『この座を降りるつもりはない』と公言したことを思い出す。

（あ……本当だ……）

売り言葉に買い言葉で言ってしまった感があるが、あのファビアンが王になるよりは自分とギュスターヴの方がはるかにマシだと思ったのだ。

王なんて、やりたくてやっているわけではなかった。

仕方がないから、他にいないから、惰性で王になった。

けれど少しずつ、やりがいを感じるようになっていって。

「……ここまできたら、女王陛下を頑張るわ」

国のために自分ができることなど微々たるもので、相変わらずギュスターヴには頼りっぱなしだ。

王としての自覚はそれなりに出てきた気がするが、自信などは全くない。――それでも。

困ったように笑うミュリエルの耳元で、ギュスターヴはささやいた。

「ミュー」

何年かぶりに愛称で呼ばれ、ミュリエルの腰にぞくりとした甘い疼きが走った。

「……よく頑張ったな」

久しぶりに取れた敬語に、優しく頭を撫でる手に、ミュリエルの目から涙が溢れ出した。

あの日失ってしまった関係が、戻ってきた気がした。

体から力が抜け、ミュリエルはそのまま床にへたり込む。

「……ごめんなさいギュスターヴ。私の運命にあなたを巻き込んでしまって」

ギュスターヴの腕が、上から優しくミュリエルを包み込んだ。全てを許すように。

「でも、あなたじゃなくちゃ、だめだったの」

子供のようにしゃくりあげて泣くミュリエルの顔に、ギュスターヴが口づけの雨を降らせる。

そして最後に唇に触れるだけの口づけをして、離れた瞬間。

「――愛してる。ミュー」

ギュスターヴの唇から、愛の言葉が漏れた。

それは簡素であるがゆえに、別の意味にとることはできない言葉。

ミュリエルは信じられないとばかりに目を見開く。

「私を選んでくれてありがとう」

ミュリエルの目から、更にどっと涙が溢れ出た。

「い、いつ……から?」

自分のことを愛してくれていたのだろう。彼の心を動かす何かが、自分にあったのだろうか。

するとなすかしそうに、ギュスターヴはその高い鼻の頭を指先で掻いた。

「実は出会った時からだ。一目惚れだった」

あまりにも想定外で、驚いたミュリエルは目も口もぽかりと開けてしまった。

こんな超絶美形に一目惚れされる要素が、一体自分のどこにあったというのか。

「ずっと、君のことが好きだった」

だからこそ、本名も身分も教えてもらえなかったことが悲しかったのだと。

王配としての手腕しか期待されていないのではないかと不安だったのだと。

「――男として、必要として欲しかった」

そう寂しげに言われ、ミュリエルは思わず彼に飛びついてその唇を奪った。

食むように動かし、驚いて間を緩めたギュスターヴの唇に舌をねじ込みその内側を探った。

ギュスターヴは目を見開いたまま、されるがままだ。

拙いながらも気が済むまでギュスターヴの口腔内を嬲って、ミュリエルは唇を離す。

そして涙と鼻水と口角から漏れた涎がダダ漏れの、どうしようもなく汚い顔で叫んだ。

「私も……！　私もあなたがずっと好きなの……！」

もちろん出会った時から、彼は特別だった。

結婚するならギュスターヴ以外考えられなかった。

彼を王配にした理由は、本当は立場や能力のためではなく、ただミュリエルの恋心によるものだったのだと。

「本当は、私だけが良かったの……」

かつてギュスターヴに愛人を薦めるようなことを言ったが、それも本当は苦しかったと伝える。

するとギュスターヴの青玉の目にも、うっすらと涙の膜が張った。

結婚して一年以上が経って、夫婦はようやく互いの気持ちを伝えることができたのだ。

「ミュー……」

ギュスターヴに請うような声で呼ばれ、何を求められているかを察したミュリエルは、体から力を抜き彼にもたれかかる。

するとギュスターヴは床に座り込んだままの彼女を抱き上げ、寝台に運んだ。

まるでミュリエルを壊れやすい何かであるように、優しく丁寧に。

シーツの上に下ろされたミュリエルに、ギュスターヴがのしかかってくる。

気持ちが伝わり合ってから、初めてだからだろうか。いつもよりも緊張しており鼓動が速い。

そしてどうやらそれはギュスターヴも同じであるらしい。彼の耳が赤く染まっており、どこか余裕がない雰囲気がある。

互いに顔を見合わせ、小さく吹き出す。

そして鼻先を擦り付けあって、また唇を重ね合わせた。

触れ合うだけの口付けを何度か繰り返した後、ギュスターヴがミュリエルの唇を舌先で突っつく。

くすぐったさに小さく笑いながら、ミュリエルが唇を開いて彼の舌を受け入れる。

「んっ、ふっ……」

舌先で上顎を舐められ、歯を確認するようになぞられ、舌を絡められ、呼吸がうまくできずにミュリエルは喘ぐ。

先ほども自分では頑張ったつもりだったが、やはりギュスターヴのようにはできないな、と思う。彼はいちいちミュリエルを追い詰めるのが上手なのだ。

口づけに夢中になっているうちにギュスターヴの手が、ミュリエルのネグリジェを器用に脱がしていく。

相変わらずリボンを数本解けば脱げてしまう、心許(こころもと)ない作りの服である。

ギュスターヴも慣れたもので、あっという間にミュリエルを生まれたままの姿にしてしまうと、自分も腰紐(こしひも)を解き着ているガウンを脱ぎ捨てた。

「ミュー。今日も綺麗だ」

ギュスターヴがミュリエルの白い裸体を見て、目を細める。

とろけるような笑みでかつての呼び名で呼ばれ、何やらミュリエルの中で背徳感が湧き上がってきた。

(何だか恥ずかしい……)

まるで読書仲間だった頃の彼と、触れ合っているような。

全身が真っ赤になったミュリエルを見て、そのことを察したのだろう。

ギュスターヴはニヤリと嗜虐的な笑みを浮かべる。

その笑みが凄みを感じるほどに美しく、ミュリエルを不思議と寒気が襲った。

そしてギュスターヴはミュリエルの耳元で「ミュー」と囁いた。

何とこの男。顔と体だけではなく、声まで良いのである。

結果ミュリエルは腰が砕けた。致命傷である。

「ギュ、ギュスターヴ……」

「ああ、ミューは本当に可愛いな。……触れても?」

許しを請われ、真っ赤なミュリエルは言葉には出さずにただ頷いた。

ギュスターヴの唇がミュリエルの耳たぶを喰み、首筋を辿り、ところどころを吸い上げながら胸元へと至る。

そしてミュリエルの豊かな胸に顔を埋めると、幸せそうな息を吐いた。

昔はこの無駄に大きな己の胸が大嫌いで、目立たぬように背中を丸めていたのだが、ギユスターヴはこの胸が大好きであるらしく、結婚したからというものこうしてよく幸せそうに顔を埋めている。

そのうち、ミュリエルも自分の体が嫌いではなくなった。

『いいですか？　ミュリエル様のその胸は、むしろ武器です』

などと主張するタチアナによって、胸元は大きく開き、腰はきゅっと締める体の線がはっきりと出る形のドレスを着せられていたら、その形が社交界で大流行し、今では胸の大きな女性が好まれるようになったというのだからいい加減なものだと思う。

悩んでいた年若い頃の自分が、可哀想になってしまうほどだ。

そしてミュリエルは堂々と背筋を伸ばし、胸を張って歩くようになったのだ。

己の胸に顔を埋め満たされた顔をしているギュスターヴの銀の髪を、指で梳る。

サラサラと指通りの良い髪の手触りを楽しんでいると、ギュスターヴの手が両胸を包むようにして、不埒に動き始めた。

柔らかく揉みしだきながら、指先で敏感な先端部分を擦り、押し込み、つまみ上げる。

「んっ……！」

胸の頂に刺激を与えられるたび、自然と太ももに力が入り、下腹部がじんと痺れ、熱を孕む。

それからギュスターヴは胸に埋めていた顔を上げ、すっかり色を濃くして硬く立ち上がったそこを舌で舐め上げてから、強く吸った。

「ああ……！」

痛みにも似た快感に、ミュリエルは思わず彼の頭を胸に抱え込み、ねだるように押し付けてしまった。

「どうした？」

「だって気持ち良くて……もっとしてほしい……」

笑い含みに聞かれ、ミュリエルは羞恥に耐えながらも、快感に潤んだ目で素直に答える。

するとギュスターヴの頬も、うっすらと赤らんだ。

それからミュリエルのおねだりに応えるように、ギュスターヴはその赤い実に軽く歯を当てた。

「きゃっ……！」

脚の間が痛いくらいに疼いて、切なくて。そこに早く刺激が欲しくてたまらなくて。

「ギュスターヴ……お願い……」

ミュリエルは膝をわずかに擦り合わせながら、懇願する。

「いつになく、積極的だな」

どこか嘲るような言葉に、ミュリエルは泣きそうになって、顔を僅かに歪ませた。

「……ダメ？　だって私たち愛し合っているんでしょう？」

長い時間をかけて、ようやく思いが通じ合ったはずなのだ。

それを聞いたギュスターヴが、なぜか一瞬魂の抜けたような表情をして、それから真っ赤になった顔を両手で恥ずかしそうに覆ってしまった。

「……全然ダメじゃありません……。むしろ嬉しくて死にそうです」

そして指の隙間から、そんな情けない声を漏らした。なんなら敬語に戻っている。可愛い。

ミュリエルは笑って、ギュスターヴの背中に手を這わせた。

――そう、これは子供を作るための作業ではなく、愛し合う行為なのだ。

ギュスターヴの手がミュリエルの下肢へと伸ばされ、そこにある髪より少し色の濃い亜麻色の茂みが指先で掻き分けられる。

それだけで期待をして、ミュリエルの蜜口が小さく戦慄く。

茂みに隠されているふっくらとした割れ目を、指の腹でなぞられた。

すでに滲み出た蜜でしっとりと濡れており、それを潤滑剤にしてギュスターヴの指が割れ目の内側に沈み込む。

「んっ……あ……」

蜜を絡めた指先で襞の内側をぬるぬると刺激され、ミュリエルは悶えた。

そしてそこに隠された、興奮し硬く勃ち上がった小さな神経の塊を捕らえる。

「ああっ……！」

最も強く快感を拾うその場所を根本から押し潰すように刺激され、ミュリエルはあっという間に絶頂に達してしまった。

どうしてだろうか。普段よりも体が感じやすくなっている気がする。

ぎゅうっと胎が内側に向かって引き絞られるような感覚と、それに伴う甘い快楽に、ミュリエルは体を震わせながらギュスターヴにしがみついた。

「達したのか……いつもより、早いな」

そしてそんな意地悪を言ってくるギュスターヴを、潤んだ目で睨みつける。

ギュスターヴはまた頬を赤らめると、「嬉しくて言ってるんだ」と言い訳をした。

それから達した余韻で小さく脈動を続ける膣内に、ギュスターヴの美しい指が差し込まれる。

外まで溢れるほどに濡れていたそこは、すんなりと彼の指を飲み込んだ。

そのまま膣壁を押し広げ掻き出すように刺激されると、自然と声が漏れる。

「や、あ、ああ……！」

陰核を強弱をつけつつ押し潰されながら、内側からも刺激され、与えられ続ける過ぎた快感にミュリエルの頭がぼうっとしてきた。

じわじわとまた快感が溜まり、これ以上は耐えられないとぼやけた思考で自ら脚を開く。

「お願い……ギュスターヴ」

どうか胎の奥まで満たしてほしい。

とろりとした目で彼を見つめミュリエルが乞えば、ギュスターヴの喉がぐう、と小さな音を鳴らした。

内側から指を引き抜き、余裕がない様子でギュスターヴはミュリエルの蜜口に熱く滾（たぎ）ったものを充てがう。

そしてそのまま、ぐっと腰を押し付けてきた。

「んぁっ……！」

一気に内側を押し開かれ、ミュリエルの呼吸が一瞬詰まる。

自分の内側に他人を受け入れるこの最初の感覚は、一年以上が経っても不思議と慣れない。

そのことに気づいているのだろう。ギュスターヴはいつも、ミュリエルが落ち着くまで待ってくれる。

ようやく圧迫感に慣れたミュリエルは、彼の唇に自らの唇を押し付けた。

それを受けて最初はゆっくりと小刻みに、徐々に速度を上げ、激しくギュスターヴが腰を打ちつける。

「や、あ、ああ……！」

　この一年の結婚生活で、すっかりギュスターヴに躾けられた体は、すぐに快感を拾い出す。

　奥を穿たれるたびに、胎の奥が痺れ、切ない快楽に飲まれる。

「も、だめ……！　ギュスターヴ……！」

　気持ちが良くて、おかしくなりそうだ。ミュリエルはギュスターヴの背中に縋り付く。

「……ミュー。愛してる」

　すると荒い呼吸の合間に愛の言葉を囁かれ、ミュリエルはまた高みに登った。

「あああ！」

　限界まで押し広げられた蜜口が、ひくひくと脈動を繰り返し、ギュスターヴを苛む。

　だが彼は、腰を止めずにミュリエルを苛み続けた。

「や、あ、待って……！」

（気持ちが良くて、死んじゃう……！）

　絶頂が酷く長引き、ミュリエルは悶える。

　想いが通じ合うと、こんなにも違うのものなのかとミュリエルは驚く。

　だから彼にも味わってほしいと、若干やられっぱなしでは悔しいと、ミュリエルもギュスターヴの耳元で愛を囁いてやった。

「ギュスターヴ……好き」

するとギュスターヴが息を詰め、ミュリエルを睨み、ぐっと何かを堪える顔をした。

「……無理だ」

そして情けない声でそう溢すと、ミュリエルの腰を掴み、最奥まで貫いた。

「やあっ……！」

「――っ！」

ギュスターヴが小さく呻き、その動きを止めた。

自分の内側に、激しい脈動と共に精を吐き出されているのがわかる。

全身を、掻痒感のような快感と幸福感が満たしていく。

「ミュー……」

ギュスターヴが名を呼んで、ミュリエルをギュッと抱きしめる。

「――愛してる」

「――愛してるわ」

同時に同じ言葉が漏れて、二人で笑い合って口づけをする。

互いに汗まみれだというのに、それがギュスターヴだと思うと、全く不快を感じないから不思議だ。

それどころかこのまま溶け合って一つになってしまいたいとすら思う。

そして今日一日、いろいろなことがあり過ぎて疲れていたのだろう。

ミュリエルはやってきた微睡に身を任せ、そのまま夢の世界に旅立ってしまった。

隣で健康的な寝息を立てて眠る妻を、ギュスターヴは愛おしげに見つめてから、そっと身を起こした。

それから床に打ち捨てられたガウンを羽織り、髪を掻(か)き上げ、音を立てぬよう寝台を抜け出すと、寝室にあるバルコニーへと出る。

月明かりの下、そこにはミュリエル付きの女官である、タチアナが待機していた。

「ご苦労だったな。タチアナ」

ギュスターヴが声をかければ、タチアナが美しく一礼した。

「……それで、あの第三王子(クズ)はどうなさいます？」

「……二度と表舞台に立てなくなるのなら、それでいい。後始末はお前に任せる」

「お任せいただけるんですね！　ありがとうございます！」

「……なんでそんなに嬉しそうなんだ、お前……」

ギュスターヴは引き攣(ひつ)った顔で、にこにこと機嫌良く笑うタチアナを見やった。

妻のミュリエルは全く気づいていないようだが、この女はとんでもない精神病質者(サイコパス)なのだ。

人を騙すことも、人を殺すことも、全く抵抗がない。

呼吸をするように嘘を吐き、顔色一つ変えずに人を殺す。

そもそも人としての真っ当な感性を、母親の腹に置いてきてしまったのだろう。

彼女がその手にかけてきた人間の数は、計り知れない。

ここ最近起きた王宮内での暗殺は、その多くが彼女の手によるものだ。もちろんミュリエルの母を除いて。

「そりゃあ、恨みつらみがあるからですよ。ミュリエル様があの屑にどれほどの暴力を受けてきたことか。その時が来たらどうやってぶっ殺してやろうかと色々と考えていたのに、妙に勘だけは鋭いらしくて、とっととフィリドールに逃げやがりましたので」

「……よし。お前の好きにやってしまえ」

「うふふ。ありがとうございます。さて、どう調理してやろうかしら？」

タチアナは楽しそうに鼻歌を歌いながら、第三王子を殺す算段を立て始める。

ギュスターヴはその様子に、ぞっと背筋を凍らせる。

おそらくそう遠くないうちに、第三王子の訃報を聞くことになりそうだ。

それはもう残酷に殺されることだろう。まあ、奴に対し同情の余地など全くないが。

「あ、もちろん私のことはミュリエル様には言わないでくださいよ」

にやりとタチアナは、細い月のように唇を笑いの形にした。

タチアナの前に立つのは、いつも緊張する。なんせいつ殺されてもおかしくないからだ。

そんな彼女に普通に戯（じゃ）れつける、我が妻ミュリエルは偉大である。

もしギュスターヴがミュリエルに仇なす存在だと判断されたら、タチアナは躊躇（ちゅうちょ）なく彼を殺すことだろう。

――もちろんギュスターヴがミュリエルを裏切ることなど、生涯あり得ないが。

ギュスターヴが彼女の正体を知ったのは、ミュリエルと婚約したばかりの頃のことだ。

所用で街に出た際、丸腰のところを刺客に襲われ絶体絶命の事態になったとき、突然いつもの女官のお仕着せを着たタチアナが現れたのだ。

そして彼女が無造作に手を振った、次の瞬間。

そこにいる命あるものは、ギュスターヴとタチアナだけになっていた。

命を絶たれた刺客たちも、己の身に何が起きたのか、理解できていなかっただろう。

自らの死に気付く事なく絶命し、物言わぬ骸（むくろ）になっていた。

タチアナの手から放たれたのは、小さく鋭利な複数の刃物だった。

無造作に投擲（とうてき）されたように見え、それらはすべて周りの男共たちの急所を実に的確に抉り、死に至らしめていたのだ。

その時のタチアナは笑っていた。にこにこと心底楽しそうに。

今は亡き先王の命令に従って、タチアナはギュスターヴを守ってくれたのだという。

実は彼女は、『王の影』と呼ばれる王直属の諜報（ちょうほう）部隊の構成員の一人だったのだ。

彼女の出身とされている富豪のフェイネン子爵家は、実はその諜報部隊そのものであり、国王の私有財産でもあるのだという。

諜報活動の副産物として得られた情報を使い、手広く商売をし、そしてその資金で優秀な工作員を育てているのだ。

多くの地下資源と、豊かな土壌を持ったエルヴァシス王国が、長く平和を享受していたその理由の一つ。

『王の影』という存在について、噂には聞いていたが都市伝説のようなものだと思っていたギュスターヴは驚いた。

だがずっと、おかしいとは思っていたのだ。

あまりにもミュリエルに都合良く、事態が動くことに。

ミュリエルは未だ偶然だと思っているようだが、護衛や毒見役がついているはずの王位継承者がこんなにも簡単に殺し尽くされること自体、ありえないのだ。

そこに誰かの意志が、誰かの介入があった、と考えるのが自然だ。

では一体誰がと考えたら、すぐに答えは出た。

（……すべては先王陛下が仕組んだこと、ということか）

先王は、可も不可もない凡庸な王だったと思われている。

大きな功績もなければ、大きな失策もない。

だが現状を維持するということはそれなりに難しいことなのだと、自ら国家運営に携わったギュスターヴは知った。

実際国王はどこかの家門に肩入れするということもなく、実に上手く均衡(バランス)をとって国を動かしていた。

よく考えれば、それは凡庸な人間ができることではない。

当事者がすべて死んでおり、ここからはギュスターヴの想像になってしまうが、そんな王妃や側妃にも平等に接していた彼が唯一執着してしまったのが、ミュリエルの母だったのではないだろうか。

なんせミュリエル母娘を守らせるため、『王の影』の優秀な工作員であったタチアナを女官として二人に仕えてさせていたくらいなのだから。

妻子の嫉妬から逃れさせるためだろう。

あえて妃の地位は与えず、通いすぎないよう調整していたようだが。

――――それでもミュリエルの母は殺された。

『この私が任務に失敗するなんて、本当に納得できないんですよね』

後にそうタチアナは愚痴っていたが、聞いた話によると、ミュリエルの母を殺そうとしていたのは、一人や二人ではなかったらしい。

おそらくそのせいで包囲網が破れた。元々これはタチアナ一人の手には負えない案件だったのだろう。

失態を挽回するためか、それとも犯人を見つけるためか。ギュスターヴにはわからない。

ただミュリエルの母が亡くなった後も、タチアナはミュリエルのそばにいた。

妃たちに迫害されていたミュリエルが、ちゃんと人間らしい生活を送れるよう様々な手配をし、幾度も暗殺の手から彼女を守った。

もちろん書庫でのギュスターヴとの逢引も、すべて把握、監視されていたらしい。

それをにやにやと意地悪く笑うタチアナから聞かされた時は、羞恥で死ぬかと思ったが。

そしてタチアナは密かに王になるための知識や、心構えをミュリエルに与えていた。

いずれくる、その時のために。

彼女はギュスターヴとはまた別の、もう一人の王育成者(キングメイカー)だったのだ。

もしかしたら先王は、かなり早い段階でミュリエルに王位を継がせることを考えていたのかもしれない。

それから死に至る病に侵され余命宣告を受けた先王は、地獄に落ちる覚悟を決めた。

愛する女を殺した者たちに王位を継がせまいと。――――その罪に、報いをと。

そして『王の影』を動かした。

ミュリエル以外に王位継承者がいなくなるよう、妻子を地獄へ道連れにしたのだ。

そして先王の死後『王の影』は、女王となったミュリエルではなく、その夫であるギュスターヴの前に膝をついた。

『――我らが『三の影』は、ギュスターヴ様の命令に従いましょう』

実権を握るのがギュスターヴだからと考えたのか、それともミュリエルを国家運営の暗部に触れさせまいとしたのか、もしくはそのどちらもなのか。

タチアナは少々不服そうにしながらも、ギュスターヴに膝を折ってそう言った。

試されている、とギュスターヴは思った。

この国にとって、ミュリエルにとって、ギュスターヴは益になるのか、害になるのか。

『……なるほど。いいだろう。ならばこれから先私の手足となって働くといい』

『――は』

『ただし、王はあくまでも私ではなくミュリエル様だ。そのことをゆめゆめ忘れぬよう』

『――承知いたしました』

タチアナはそう言って、にっこりと裏を感じさせない笑顔で笑った。

本来『王の影』が従うのは『女王』であるミュリエルだ。

よってギュスターヴが彼女を蔑ろにしようものなら、あっという間にこの首は胴と泣き別れすることになるだろう。――だが、それでいい。

こうしてギュスターヴは、彼らの限定的な忠誠を受け入れた。

(そう、汚れ仕事なら、私がやればいい)

美しい彼女の手を、血で汚させるわけにはいかない。

優しい彼女の心を、罪に痛めさせるわけにはいかない。

――汚れるのは、自分一人でいい。

「――ご報告は以上です」

「ああ、ありがとう。私ももう休む。タチアナ、お前も休め」

「かしこまりました。それでは失礼致します」

そしてタチアナは、ふわりとバルコニーからふわりと飛び降りて消えた。

(やはりあいつは人間じゃない気がするな……)

そんな阿呆なことを考えながらギュスターヴは部屋に戻り、妻の眠る温かな寝台へと潜り込む。

「んー……」

上掛けが捲れ、寒かったのだろう。ミュリエルが小さくうなり声を上げ、暖を取ろうと子供のようにギュスターヴにしがみついてきた。

そんな妻に、愛おしさが込み上げてくる。

「――おやすみ。愛しているよ、ミュー」

ギュスターヴの愛しい妻であり、敬愛なる主君。

耳元で囁きその滑らかな額に口づけを落とせば、ミュリエルはふにゃりと幸せそうに笑った。

エピローグ　女王陛下とその夫

エルヴァシス王国第九代女王、ミュリエル・フォスティーヌ・エルヴァシスの治世はエルヴァシス王国の黄金期の始まりと言われている。

だが即位前の彼女の記録は、何故かほとんど残されていない。

さらに妾腹の第三王女という王位継承から遠い生まれでありながら、彼女が王位を継ぐことになった経緯についても、不明な点が多い。

突然彗星（すいせい）のように現れ王位を継いだミュリエル女王は、必要以上に力をつけた貴族たちを諌（いさ）め、権力を王に集中させる、国王至上主義を打ち立てた。

様々な法を制定し、国民にそれらを遵守させ、重税を課し国民を苦しめていた横暴な地方領主たちを次々に更迭、粛清した。

彼女の三十年の長きにわたる治世は、エルヴァシス王国に安定をもたらすことになった。

そんな善き女王として国民に愛された彼女の横には、常に夫であるギュスターヴ・ロラン・エルヴァシスの姿があった。

彼はミュリエル女王を、公私共に献身的に補佐していたという。

政略結婚でありながら彼らは非常に仲の良い夫婦であり、一男二女の子供たちに恵まれ、終生共に過ごした。

息子である第十代国王フィリップに王位を譲った後は、二人は政治から身を引き、夫婦で国内外の旅を楽しんだという。

エルヴァシス王国の第一王子であるフィリップは、泣きながら両親を探していた。

(今日こそ父上と母上に姉上たちを叱ってもらうんだ……！)

先ほど姉二人に無理やりドレスを着せられ、頭にリボンを飾られたのだ。

挙句、「思ったより可愛くて何か嫌」などと苦々しい顔で酷いことを言われたのだ。

(姉上たちは悪魔だ……！)

何とか逃げてきたものの、流石にこれは何らかの制裁を受けてもらわねば気が済まない。

姉二人は父に似て、銀の髪に青い目をした絶世の美少女たちである。

そして二人とも、非常に気が強い。

気の弱いフィリップにとって、そんな姉たちはただただ恐怖の対象である。

フィリップは髪こそ黄色味の強い金の髪をしているが、目は母と同じぼんやりとした若草色で、これまた母によく似た、気が弱そうな顔をしている。

だからこそ余計に、姉たちに揶揄われてしまうのだろう。

女官長であるタチアナが言うには、どうやら弟とは、基本的に姉のおもちゃとされてしまう運命らしい。とても辛い。

『王女様方は、フィリップ殿下が可愛くてたまらないんですよ……多分』

などと取り繕うように言われたが、絶対に嘘だと思う。奴らはそんなに甘くない。

王宮内を探し回ったが、両親はなかなか見つからない。

(だったらあそこかなあ……)

前に夫婦の思い出の場所なのだと、両親に教えてもらった場所。

王宮の書庫の奥の奥。隠れるように置かれた古ぼけた長椅子に、父と母が寄り添うようにして座っていた。

やっと見つけた両親にフィリップが声をかけようとすると、彼に気づいた父が、口元に人差し指を当てた。

どうやら静かにしろ、ということらしい。

よく見てみれば大好きな優しい母は、父の肩にもたれかかりすやすやと眠っていた。

「もう少し寝かせてやりたいんだ」

父が口の動きだけでそう伝えてくる。もちろん空気の読める末っ子のフィリップは頷いて、母と反対側の父の隣に座った。

このところ母は公務で忙しくて、時折食事も一緒に摂れないことがあった。きっと疲れているのだろう。

女王としての公務中は頑張ってキリッとした顔をしている母は、家族の前ではぽやっとした気の抜けた顔になる。

行動も言葉も変わってしまうので、その変化に息子であるフィリップすら時々驚くほどだ。

前に王としての顔と母としての顔があまりにも違うと、姉たちが母を揶揄ったことがあった。

すると普段は比較的温厚な父が怒った。それはもう烈火の如く。

『お母様はな、本当は人の前に立つことが大嫌いだし、はっきりとものを言うことも苦手なんだ。それでもこの国のため、必死に頑張ってくれているんだぞ！』

決して人の仕事や努力を馬鹿にしてくれるな、と言った父は、とても格好良かった。

フィリップは、父のことも大好きである。

父の珍しい怒りに、深く反省した姉たちは泣いてごめんなさいを言った。

父はたとえ血を分けた娘であっても、妻を馬鹿にされることが許せなかったのだろう。

それ以後、姉たちは人を馬鹿にするような言動は一切とらなくなった。弟以外には。

それらをつぶさに見てしまったフィリップも、もちろんそういうことはしない。

姉の失敗を見て我が身を律することができるのは、弟の唯一と言っていい特権である。

そんなふうに要領よく生きているからこそ、姉たちの神経を更に逆撫でしているのかもしれないが。

(それって僕は悪くないよね……)

だが仕方ない。姉たちは理不尽の塊なのだ。あの優しい母から生まれてきたとはとても思えない。

多分母は元々、国王になどなりたくなかったのだろうと思う。

母も父も毎日大変そうで、正直フィリップもやりたくないなあなんて思うから。

他にできる人がいないから、仕方なく母は垂れ気味の目を釣り上げて頑張っているのだ。

(でも次の王様って、多分僕なんだよ……)

そしてそのことに思い至り、フィリップはずんと気が重くなった。

正直苛烈な性格の姉二人の方が、絶対に王に向いている気がする。

彼女たちは絶対に面倒くさがって、やってくれないだろうけど。

やっぱりもれなく僕じゃないか、とフィリップが遠い目で思ったところで。

「……ん」

小さくうめいて、母がうっすらと瞼を上げた。

フィリップと同じ、優しい若草色の目が見える。父の顔が甘く溶けた。

なんせ父は母のことが大好きなのだ。母はあまり気づいていないようだけれど。

妻が可愛くてたまらないと、その深い青の目が言っている。

「ごめんなさい。ギュスターヴ。私、どれくらい寝ていたのかしら……」

「ほんの半刻くらいだよ。もう少し寝ていても大丈夫なくらいさ」

「ありがとう。でももう起きるわ。午後の議会の資料も読み込みたいし……ってあら。フィリップ」

息子に気づいた母が、にっこり笑って手を広げてくれる。

フィリップは躊躇なくその腕の中に飛び込んだ。

「こんなところまで、どうしたの？」

「母上、父上、聞いてください！　姉上たちが酷いんです……！」

姉二人から受けた仕打ちを切々と訴えれば、母はぐっと笑いを堪えるような表情をし、父は憐れみに満ちた表情をした。

「えー。それはちょっとお母様も見てみたかったわ……」

「母上、酷いです……！」

「私も子供の頃似たようなことを兄にやられたから、お父様はフィリップの気持ちがわかるぞ……」

「ええ!?　それもちょっと見てみたいわ……！　ラスペード家にそのときの肖像画とかが残っていないかしら？」

「頼むからやめてくれ……！」

どうやら我が家の女性陣には、親族の男性を女装させてみたいという謎な願望があるらしい。

フィリップは父と共に、盛大に剝(む)くれた。

母がごめんなさいと言ってコロコロと笑う。可愛いから許す。

「二人には後でちゃんと、人の嫌がることはしちゃダメよって伝えておくわ」

「お願いします。姉上たちは絶対、僕をおもちゃにしているんです」

「二人ともフィリップのことが可愛くてたまらないのよ。でも嫌なものは嫌だものね。しっかり伝えておくわ」

姉二人の悪行を訴えることができて、フィリップはすっきりした。

母は忙しい中でもフィリップの話をちゃんと面倒がらずに聞いてくれる。そのことが嬉しい。

「さて、そろそろ仕事に戻らなくてはね」

体が固まってしまったのだろう。ぐっと腕を伸ばし伸びをした母に、父が手を差し伸べる。

母は当然のようにその手に己の手を重ね、立ち上がった。

すると自然に父が母の頭頂部に口づけを落とす。

フィリップの両親はとても仲が良い。それはもう、見ている息子がたまに恥ずかしくなってしまうくらいに。

「早く社交シーズンが終わるといいわね。そうしたらもう少し楽になるかしら」

「そうだな。夏になったら避暑に出かけたいな」

そして両親はよくそんなちょっとだけ先の未来の話をする。

避暑に行きたいとか、温泉に行きたいとか、観光地に行きたいとか。この王宮を出て、どこかへ旅をする話を。

「……夏は……ちょっと難しいかもしれないわ。季節柄どうしてもそこらじゅうで水害が起きるもの……」

けれどもそれが実現したことは、ほとんどない。

結局忙しすぎるのだ。多くの人々が集まって生きている以上、国では毎日のように何らかの問題が起き、それらの対応に両親は追われる。

そして大体、旅は想像や計画だけで終わってしまうのだ。

そのことを、父がひどく気にしていることを知っている。

母が少しだけ寂しげな目をしたので、フィリップも胸が痛くなった。

「……というわけでフィリップ。お前が成人したら、お父様とお母様はとっととと王位を譲って隠居するつもりだ」

そして母をこよなく愛する父から、無茶振りが飛んできた。

父は息子に王位を押し付けて、母と共に長すぎる余生を満喫する気満々である。

「……勘弁してください。もう少し頑張ってくださいよ……！」

フィリップとしては、王位を継ぐのは長男として生まれた以上やぶさかではないが、継ぐまでの時間は長ければ長いほどいいと思っている。

なんせ母のような善き王になれる自信がまるでない。

偉大なる両親を持ってしまった子故の悲哀である。


「……お父様はお母様に、世界中の色々なものを見せてやりたいんだ」

エルヴァシス王国の冷徹なる王配殿下、ギュスターヴは満面の笑みで息子に言った。

息子が心底嫌そうな顔をしているが、そこは押し切らせてもらう。

王位に対し怯えがあるということは、自分のことがよく見えているということでもある。

よって息子には、ちゃんと善き王になれる素質があるとギュスターヴは考えている。

「だから早期に退位して、体力のあるうちに夫婦で国中を旅行して回りたいんだ」

生まれた時から王宮に閉じ込められ、王となったために大人になっても王宮から逃げられなくなってしまった、妻。

冒険譚や旅行記を読みながら、外の世界にずっと憧れていた彼女に。

――外の世界を、冒険を、あげたいのだ。

「だから頑張ってくれ、フィリップ。お前ならできる」

「うわあ、絶対に嫌って言えないこの雰囲気。父上卑怯ですよ……！」

フィリップが喚（わめ）いて、ギュスターヴの腕にぶら下がった。

「うふふ。フィリップったら大袈裟ねえ。お父様なりの冗談なのよ」

「母上！　よく見てください！　父上の目は本気ですよ……！　僕に全てを押し付けて母上と幸せ隠居生活を送る気満々です……！」

喚く息子の金色の頭を宥めるようにひと撫でしてから、ギュスターヴは妻であり、主君でもあるミュリエルに腕を差し出す。

「では、参りましょうか。我が君」

ギュスターヴがミュリエルにかける言葉が敬語になる。その瞬間に二人は夫婦から主従になる。

ミュリエルも表情を引き締めて、前を向く。

相変わらず王様業に自信はないし、毎日は忙しく目まぐるしい。

それでも愛する夫であり、忠実なる臣下であるギュスターヴが、ずっと側にいてくれる。

それだけで全てが何とかなる気がする。

「ええ、行きましょうか」

ミュリエルは笑って、ギュスターヴの腕に己の腕を絡めた。

あとがき

ヴァニラ文庫様では初めまして。クレインと申します。

この度は拙作『日陰王女の逆転幸せ婚　美貌の旦那様に、実は溺愛されていたようです』をお手に取っていただき、誠にありがとうございます！

なんと今回あとがきを四ページ（本作の文字数が足りなかったせいですすみません……！）もいただいてしまったので、作品について少々語らせていただければと思います。

さて、今作は生存政略として目立たず騒がず生きてきた妾腹の日陰王女ミュリエルのもとに、兄弟が殺し合ったせいでうっかり王位が転がり込んでしまい、自分には無理だと慌てて王配となるヒーローに政治を丸投げしようとしたら、これまたうっかり鬼コーチと化した夫によって厳しい指導鞭撻を受け、立派な女王陛下になるという成長ストーリーです。

最初から最後までどこからどうみてもティーンズラブ小説とは思えないあらすじとなっておりますが、ちゃんとティーンズラブ小説です。

私は普段、強靭な精神を持つヒロインを書きがちなのですが、今回のヒロインであるミユリエルは気が弱く、自己評価も低く、立ち向かって戦うよりも、ひたすら耐えて嵐が去るのを待つような、普通の女の子です。

そんなどこにでもいるような普通の女の子が、愛と希望と友情に助けられながら、多くの試練を乗り越え強く逞しく成長していく。古き良き時代の少女向けのような雰囲気のお話が書きたかったのです。

そして今作のヒーローであるギュスターヴは、乙女系というジャンルにしては珍しく、ミュリエルよりも地位が低いという設定になっております。

どうしてもヒロインを『我が君』と呼んで跪く、敬語ヒーローが書きたかったのです。

やっぱり美青年に跪かれ、主君として仰がれたら、どんな大変なことでも頑張れるような気がしませんか……？

そんな女性上位の主従関係を書きたいという己の萌えに、忠実に楽しく書きました。

このプロットにＯＫを出してくださった担当様、およびヴァニラ文庫様には感謝しかございません。

さらに今回のギュスターヴ、なんと初めての眼鏡ヒーローです。

プロとして小説を書かせていただくようになって、早九年。

これまで三十作近く作品を書いてまいりましたが、一度も眼鏡ヒーローを書いたことがなかったのです。

自分でも気づいてびっくりしました。なんでこれまで書いてこなかったのか、その理由がわかりません。

キャラクターの属性としては、王道中の王道のはずなのに。一体何故。

今ではレーシック手術を受けて裸眼で暮らしていますが、かつてド近眼だった頃は家では眼鏡をかけており、身近な存在だったはずなのに。一体何故。

失くしたり踏んで壊したりした、トラウマのせいでしょうか……。

今でこそ眼鏡はチェーン店で安価に作れるようになりましたが、私が子供の頃は本当に高かったんですよね……。両親には迷惑をかけてしまったなあとしみじみ。

私はぼうっとしていてよく物を失くし壊す子供だったのですが、やはり娘もぼうっとしていてよく物を失くし破壊するので、因果が回り回っている気がします。

ただ夫に似て、娘の視力はとても良いのでそこは良かったなあ、と思いつつ。

話がずれましたが、眼鏡ヒーローいいですよね。

なにより眼鏡をかけるだけで知的、堅物、腹黒という属性が勝手に付随します。

実際のところギュスターヴは見た目だけで、中身は思い込みの激しい、ヘタレで残念なキャラクターなのですが。そんなギャップなども、楽しんでいただけますと幸いです。

さて、それでは最後になりますが、この作品にご尽力いただきました方々へのお礼を述べさせてください。

担当編集様。今回も色々とご迷惑をおかけいたしました。

書いている時は毎回必死で『この作品は本当に面白いのか？』という不安と闘いながら一文字一文字積み上げているので、初稿を提出した後にいただく丁寧かつお優しいご感想にいつも救われております。ありがとうございます！

本作のイラストをご担当いただきました、芦原モカ先生。

気弱な少女時代の可愛らしいミュリエルから女王としての威厳に満ちた美しいミュリエル、そして超絶美形のギュスターヴを本当にありがとうございます！

透明感のある美麗な絵に、うっとりと見惚れてしまいました。

それから締め切りが迫ると本当にキーボードを叩くことしかできなくなってしまう私の代わりに、我が家の生命維持を一手に引き受けてくれる夫、ありがとう。

毎回もう少し要領よく、迷惑をかけないようスケジュール管理をしなくてはと反省しているのに、ちっともそれが生かされておりません……。今年はもう少ししっかりしたいです。

そしてこの作品にお付き合いくださった皆様に、心よりお礼申し上げます。

少しでも楽しんでいただけたのなら、これほど嬉しいことはございません。

本当にありがとうございました！

クレイン

私はお前が欲しい

王子に婚約破棄されたので隣国皇帝に溺愛されることになりました
火崎勇
木ノ下きの

定価：740円＋税

王子に婚約破棄されたので隣国皇帝に溺愛されることになりました

火崎 勇　　木ノ下きの

前世の記憶を持つセレスティアは、義妹の陰謀で王太子に婚約破棄された。この事態を予想して逃げ道を用意していたものの、手違いで隣国の皇帝エルセードに求婚してしまい!?　逆に彼から偽装婚約を持ちかけられ、帝国に赴くことに。「お前は本当にいい女だな」偽婚約者のはずなのに、エルセードはセレスティアを気に入り甘く口説き、触れてきて……!?

原稿大募集

ヴァニラ文庫では乙女のための官能ロマンス小説を募集しております。
優秀な作品は当社より文庫として刊行いたします。
また、将来性のある方には編集者が担当につき、個別に指導いたします。

◆募集作品

男女の性描写のあるオリジナルロマンス小説（二次創作は不可）。
商業未発表であれば、同人誌・Web 上で発表済みの作品でも応募可能です。

◆応募資格

年齢性別プロアマ問いません。

◆応募要項

・パソコンもしくはワープロ機器を使用した原稿に限ります。
・原稿は A4 判の用紙を横にして、縦書きで 40 字 ×34 行で 110 枚 ~130 枚。
・用紙の 1 枚目に以下の項目を記入してください。
　①作品名（ふりがな）/②作家名（ふりがな）/③本名（ふりがな）/
　④年齢職業 /⑤連絡先（郵便番号・住所・電話番号）/⑥メールアドレス /
　⑦略歴（他紙応募歴等）/⑧サイト URL（なければ省略）
・用紙の 2 枚目に 800 字程度のあらすじを付けてください。
・プリントアウトした作品原稿には必ず通し番号を入れ、右上をクリップ
　などで綴じてください。

注意事項

・お送りいただいた原稿は返却いたしません。あらかじめご了承ください。
・応募方法は必ず印刷されたものをお送りください。CD-R などのデータのみの応募はお断りいたします。
・採用された方のみ担当者よりご連絡いたします。選考経過・審査結果についてのお問い合わせには応じられませんのでご了承ください。

◆応募先

〒100-0004　東京都千代田区大手町 1-5-1　大手町ファーストスクエアイーストタワー
株式会社ハーパーコリンズ・ジャパン　「ヴァニラ文庫作品募集」係

日陰王女の逆転幸せ婚
美貌の旦那様に、実は
溺愛されていたようです

Vanilla文庫

2025年1月20日　第1刷発行　定価はカバーに表示してあります

著　者　クレイン　©CRANE 2025
装　画　芦原モカ
発行人　鈴木幸辰
発行所　株式会社ハーパーコリンズ・ジャパン
東京都千代田区大手町1-5-1
電話　04-2951-2000（営業）
0570-008091（読者サービス係）

印刷・製本　中央精版印刷株式会社

Printed in Japan ©K.K. HarperCollins Japan 2025 ISBN978-4-596-72229-4